JN038678

少女たちの戦争

中央公論新社＝編

愛國いろはかるた
財団法人日本少國民文化協會制定

中央公論新社

目次

凡例

- 本書は、著者の生年順にエッセイを収録しました。
- 底本中、明らかな誤植と考えられる箇所は訂正しました。ただし、歴史的な名称等は底本のままとしました。
- 人名・地名などの固有名詞、常用外漢字および難読と思われる語には新たにルビを付しました。
- （ ）は底本にある補足を、〔 〕は編集部による補足を示します。
- 本文中、今日の人権意識に照らして不適切な語句や表現が見受けられますが、著者が故人であること、執筆当時の時代背景と作品の文化的価値を考慮し、底本のままとしました。

少女たちの戦争

若い日の私

瀬戸内寂聴

徳島県立高等女学校（現城東《じょうとう》高校）のころ、私は模範生の優等生だった。自慢でなく、その通りだったのだから仕方がない。それでもガチベンタイプではなく、大いに遊び、本も読み、仲のいい友人と二人文集をつくったりして、結構楽しんでいた。先生にも可愛《かわい》がられたが、友人にも好かれた。私の全生涯で、あんなに愉《たの》しがってばかりいた時もないと思い出す。

一年から陸上部に入って、毎日陽《ひ》が沈むまで練習に熱中した。体操の先生にむりに入れられたものの、入った以上、生真面目に熱心に練習した。一応三種の選手ということにしてもらったが、短距離も、走り高跳びも、槍投《やりな》げも、フォームばかり絶賛されるほどカッコいいのだが、速さも高さも、投げた距離も、一向にぱっとせず、不思議でならなかった。先生やコーチのいう通りのフォームでやって、それは模範的に出来るのに、効果がゼロという理由がわからず、私も先生も摩訶《まか》不思議だと思っていた。ついに一度も試合に出してもらえず、下級生の面倒ばかり見て、砂場の穴ばかり掘って卒業してしまった。

それにこりて、東京女子大に入ってからは、一切スポーツと縁を切った。女子大でも作文はうまい方だったが、文学サークルなど全くない有様で、私は次第に退屈した。恋愛の相手もなく、寮で委員長になったりして、およそお色気に乏しい青春だった。何しろ、皇紀《こうき》二千六百年祭という年〔一九四〇年〕に女学校を卒業し、女子大に入ったのだから、軍国色一色の青春だった。それでも若さというのはいいもので、決して当時の毎日は暗いものではなかった。

戦争について深く考えることもなく、男だったら海軍兵学校に入っていたのにと口惜《くや》しがる程度の戦争認識だった。

女子大の授業はあまり熱心ではなく、ライブラリーで源氏や西鶴《さいかく》ばかり読んでいた。太宰治《だざいおさむ》の「女生徒」を読み、こんなのが小説なら、私にも書ける。小説家になろうかなどと思ったりしたが、一作も書かなかった。

はじめての東京空襲の日も大して興奮もしなかった。学期試験の勉強の最中「真珠《しんじゅ》湾《わん》攻撃」のニュースを廊下を走ってだれかが知らせるのを聞き、何となく「万歳」というような気分になって、これで明日の試験が流れないかなど、のんきなことを考えたものだ。

繰り上げ卒業になって、卒業が半年早まった時はうれしく、もうあきあきしていた学生生活を早く切りあげて、婚約者と北京へゆきたいと思っていた。

私が九月の卒業式にも出ないで、北京へ渡った後、学徒動員で、たくさんの大学生たちが戦地へおもむいた。

そのころから、東京は空襲がはげしくなり、のんびりした学校も、様相を一変したそうだが、私はそれを知らない。

私は運がいいのか、女子大では、最後のクリスマスの七面鳥を食べたし、女学校でも最後の鮮満旅行というのに参加出来た。何でも、これがよき時代の最後というぎりぎりの線のよき思いをさせてもらっている。若いころのその好運の分だけ、中年で苦労をしたのかもしれない。ただし、私は子供の時から、辛《つら》いことや不如意《ふにょい》なことは、その最中には感じないというおめでたい人間なので、中年の苦労も大して骨身にしみたわけでもない。

根が陽気に出来ているのだろう。

せとうち・じゃくちょう（一九二二〜二〇二一）
徳島県生まれ。作家。著書に『夏の終り』（女流文学賞）『花に問え』（谷崎潤一郎賞）『場所』（野間文芸賞）『風景』（泉鏡花文学賞）ほか。夫の任地の中国・北京で終戦を迎えた。一九四六年八月、夫、娘と故郷の徳島へ引き揚げ、母が空襲で亡くなったことを知る。

美しい五月になって

石井好子

美しい五月になって
すべての蕾《つぼみ》がひらくときに
私の胸にも　恋がもえいでた

美しい五月になって
すべての鳥がうたうときに
私は胸の思いを　あの人にうちあけた

ハイネ「美しい五月」深田《ふかだ》甫《はじめ》訳

終戦とともにポピュラー歌手に転向した私は、心をうちこんでいたドイツリードと訣別《けつべつ》するために、譜面を全部売りはらってしまった。

そのなかでただ一冊、どうしても手ばなせずに残したのは、シューマン作曲の「詩人の恋」であった。ハイネの詩による十六曲の歌、そのすべてがすばらしかったが、一曲目の「美しい五月」は、何度聞いても何度歌っても、あきることのない好きな歌だった。

私が音楽学校〔東京音楽学校。東京藝術大学音楽学部の前身〕に通っていたころは、決して勉強のやりやすい状況下ではなかったけれど、それでも懐かしい。

声楽科は男性四人、女性八人の十二人、ピアノ科、絃楽《げんがく》、管楽器を入れて六十人たらずのクラスだった。

戦時中というのに音楽など勉強するのは柔弱なことで、軍国主義に反していたから、当局からはにらまれているということだった。

男女共学ということもにらまれる一つの理由だといわれた。今の人々にはとても想像のつかぬことだろうが、男女生徒の入口は違ったし、勿論《もちろん》控室も一番はなれたところにあった。

教室に入っても左右に別れて坐《すわ》り、挨拶をしても言葉をかわしてもいけないのだった。

制服はなく、式典のときだけうすい水色の着物と紺のはかまをはいた。その姿はとてもきれいにみえるので好きだった。そのうちに紺に白い襟《えり》の制服が出来て、まるでバスガールのようだと私たちは嘆いた。

私たちはおべんとうを持っていったり、校内のレストランで食事をしていたが、そのあとぶらっと外に出て、鶯谷《うぐいすだに》のほうのおしるこ屋へゆくのが楽しみだった。おしるこやみつ豆を食べたいというのではなくて、校内を出てくつろぐのが嬉《うれ》しかった。同級や上級の男生徒もいたし、美校（そのころは音楽学校と分《わか》れていた）の生徒もきているからでもあった。別に話しあうわけではないのに、今日は「誰が来ていた」「誰は誰と一緒だった」などと話題にした。

同級の男生徒と話してはいけないくらいだから、美校の生徒とはもっと話してはいけないのだ。背の高い色白の面長な美青年を、私たちはどういうわけか「紫」とよんでいた。

彼は二級上の川崎静子さんに夢中なのだと皆が言った。話もしないのに、みてみぬふりをしているのに、どうしてそうきめたのか今でも分らない。

「ブラウン」とよんでいた色の浅黒い彫刻科の青年に、ピアノ科のYさんは夢中になっていた。「来た、来た」「うしろむいちゃだめ」公園を歩いているときも意識して大さわぎだった。

「青空」とよんだ人もいた。ひょうひょうとした雰囲気の人で、公園で出会ったとき、「空も青いし、青い海をみにゆきましょう」と私をさそった。断ると、ポケットの中からチューインガムを出して一つくれた。以来、「青空」という名になったのだが、考えてみると皆、色で名前がついていた。

お互いに顔をあわせ、すれ違い、同じ電車に乗りあわせ、不自然にみてみぬふりをして過《すご》した。

そんなのが私たちのくすぶった青春だった。

そのころの音楽学校、音楽界には外国からすぐれた先生が集《あつま》ってきていた。ドイツ政府から派遣されている先生もいたが、ピアニストのクロイツァー、指揮者のローゼンストック、ヴァイオリンのウィリーフライは違う。彼らはユダヤ人なるが故《ゆえ》に、ナチの手をのがれて日本に来ていた。私の歌の先生ヴーハーペニヒも夫人がユダヤ人なので日本に来た先生であった。

ドイツのユダヤ人排撃のおかげで日本の音楽界は発展したといっても過言ではない。今ドイツ歌曲で一流の大家または教授といわれる人の大半がヴーハーペニヒ先生の生徒である。

二級上のピアノ科にいた姉は、亡命ロシア人のレオ・シロタについていた。こちらは共産党に追われて日本に来た高名な白系ロシア人のピアニストである。

声楽科の生徒はドイツ語の他に、イタリア語又はフランス語をとらねばならなかった。皆ドイツ語とイタリア語をとったが、私はドイツ語とフランス語にした。

私は身体は大きいがあまり声量がなかったし、ソプラノではなかったのでオペラを歌う気はなく、フランス語にしたのだった。

フランス語の先生は外語を出たばかりの清水俯《しみずおさむ》先生だった。私は先生からフランス語を習ったというよりフランスの現代歌曲にみちびかれ、詩をよむことを教えられた。それまで私はフランスの現代歌曲は知らなかった。フォーレ、ドビュッシー、デュパルク、むずかしかったが、心の琴線にふれるデリケートな歌だった。

「もっと色のある声で歌えませんか」と言われた。色のある声、色のあるふしまわし、どうしたらそのようなことを会得することができるのかと悩みつつ、クロワザ、ニノンバランなどのレコードを一生けんめい聞いた。

クロワザの「旅へのいざない」「リラの頃」は、高度な美しい美しい歌であった。

戦争がどんどんはげしくなって、体操の時間は長刀《なぎなた》の時間になった。「バカくさくて話にならないわ」と私たちは好《い》い加減に棒をふりまわしていたが、男の生徒は軍人が来て軍事教練をさせられるのだから気の毒だった。

藁《わら》人形を「ギャー」と大声をあげながらつつく。「声帯がいたむ」と加減するわけにはゆかない。重い銃を持つ。「指がダメになる」とヴァイオリンやピアノ科の生徒たちはため息をついた。

外人排撃の風潮も出てきて、「先生と会っても挨拶をしてはいけません」と生徒課から注意された。上野駅で雨が降ってきて、ちょうど同じ電車から降りたヴーハーペニヒ先生が「傘あります。入れてあげましょう」とせっかく言って下さっても、外人の傘になど入ってはいけないのだった。

あから顔の好々爺《こうこうや》、でっぱったお腹《なか》をポンポンとたたいて、「ビールの墓場」と私たちを笑わせたそのお腹もだんだんひっこんで、元気がなくなっていった。「外国の歌は歌わぬこと」という政府からのお達しがあり、私たちはとまどった。先生は山中湖へ疎開して行った。

十二月〔一九四三年〕に、男の生徒の学徒出陣がきまり、私たちのクラスは短期卒業となった。

宮城《きゅうじょう》の前に学生が集り、私たち音大の声楽科生徒は最前列に並んで、

今こそ祝えこの朝
紀元は二千六百年
ああ一億の胸は鳴る

と歌った。

軍国主義、軍事体制一色だった。

私が舞台の上でクラシックを歌ったのは、ほんの数回でしかなかった。

それなのに五月になると必ず、「美しい五月」の譜面をとり出して、たどたどしくピアノをひきながら歌う。ときにはズーズーしく舞台の上でも歌う。

いしい・よしこ（一九二二〜二〇一〇）
東京生まれ。シャンソン歌手、エッセイスト。著書に『巴里の空の下オムレツのにおいは流れる』（日本エッセイストクラブ賞）『私は私』ほか。終戦直後に進駐軍向けのジャズを歌い始め、歌手としてデビュー。一九五二年に渡仏し、本場のシャンソンを学んだ。

私を変えた戦時下の修学旅行／十五日正午、緊迫のＮＨＫ放送室

近藤富枝

私を変えた戦時下の修学旅行

昭和十八〔一九四三〕年四月の末、女子大生だった私は奈良京都への美術旅行に参加した。そのころは太平洋戦争のただ中で、しかもガダルカナル島の撤退など日本の旗色が急速に悪くなっている時だった。どこの学校も修学旅行は中止という時に、私たちは七泊八日というスケジュールを強行したのである。この旅で私は日本美術の名だたる作品を多く眺め、大へんな衝撃を受けた。

「沈黙の仏たちから私の学んだものは、ふれればこちらの身体が溶解してしまいそうな美の凝集であった。私はその美のしずくをぽったり胸におとされて、それ以前の私

とは違うものに変えられてしまった。百済《くだら》観音の永遠の美は日が経《た》てば経つほど骨身にしみわたり、龍安寺《りょうあんじ》の庭のさびは心のおちつき場所のような慈愛を感じる。中宮《ちゅうぐう》寺《じ》や広隆寺《こうりゅうじ》の仏、月光菩薩《がっこうぼさつ》、桂《かつら》離宮、心のすみずみまで行き渡った美の飛沫は私の細胞分解作業をはじめた」

これは帰京一週間目の私の日記である。

それまでの私はかなり気負った演劇少女であった。舞台裏のホコリと生涯仲良くするつもりでG劇団の研究生になっていた。このことは大学にも家庭にも秘密で、晩《おそ》い帰宅を心理学の研究だといって周囲をごまかし、大へんな無理をかさねていたのである。

旅行から帰ってきた私は、一時ふぬけのようになっていた。授業を休み、上野の博物館に通い、百済観音のレプリカの前で半日ぼーっとしていたこともある。日記に書いたように何かがパチンと胸のなかで割れたようで、気がついたら芝居への熱い思いが後退している。しかし芝居に代わるべき何かがつかめないままに苦悶《くもん》していた。

その何かが形を成したのは空襲が激化し、家を焼かれた上に、夜ごと生命の危機にさらされていた時である。一族はみな地方へ落ちたなかで、アナウンサーになっていた私は東京に一人だけ残っていたのだ。それなのに私の胸には不思議な充実感があった。

「美しいものを見た」

ただそれだけの感動が、孤独を、不安を、死の恐怖を、時には飢えを救ってくれていることを知った。

戦後私は平凡な結婚をした。奔放さや冒険心や不敵なものなど以前大切にしていたものは私からすべて消滅。

さて、二十四、五年前だろうか、私は神田《かんだ》の梅沢美術館で不思議な画面に出あった。おっとりした静かな色のハーモニーのあるアブストラクト風のデザイン。いくら眺めていてもあきることのなかった百済観音の前に立っていた時のあの感動に似ていた。表示を見てそれが平安時代制作になる和紙による石山切《いしやまぎれ》と知り、驚きは大きかった。フランス辺りの現代作品かと思っていたからである。

この時から私は継ぎ紙という料紙装飾の世界に溺《おぼ》れた。そして今は継承する人の少ない十二世紀のこの手業《てわざ》を同志と共に復活させることに夢中になっている。こうなる運命は飛鳥《あすか》の畑道を歩いていた時にきまったことだったと思わずにはいられない。

十五日正午、緊迫のＮＨＫ放送室

その朝私は自転車にのせられた小さな棺につきそって東神奈川の田舎道を歩いていた。わずか二歳の甥《おい》の死だった。病名は消化不良だが、戦争のための犠牲者なのだ。重態になった時空襲警報発令中だったため医師が来診を拒んだという。もう少し甥ががんばってくれていたらとただ口惜しかった。なぜならこの時日本の敗戦を私は知っていたから……。

当時二十三歳の私はＮＨＫのアナウンサーであった。もっとも敵性語は使えず、日本放送協会の女子放送員と呼ばれている。宿直であった二日前の夜に海外放送の部屋の前を通りかかると、「日本ポツダム宣言受諾」という声が流れていたのを聞いたのである。

淋しい野辺の送りだった。親戚の者三人だけ。そして私は焼場に甥を送ると玉音放送を聞くために内幸町《うちさいわいちょう》の職場へむかった。

正午、全員集合の命令だったから、その日放送員室は満員であった。戦争終結の放送は日本の歴史はじまって一度もなかったこと、誰が司会の大役をするのかと思うと、それは放送課長の和田信賢《わだのぶかた》さんであった。彼は朗読の名手で、私はこの人に憧《あこが》れてアナウンサーになったのである。ところがこの一年彼はほとんどマイクの前に立っていなかった。

今日こそ聞けると思って部屋の隅の課長席を眺めると、和田さんは蒼白《あおじろ》い顔をひきつらせて、思いつめた表情でいた。彼の席だけ別の風が吹いているようである。

やがて正午の時報がなり、スタジオに入った和田さんの第一声がひびく。

「ただいまより重大なる放送があります。全国の聴取者のみなさまご起立願います」

私たちは一斉に立ち上《あが》った。つづいて玉音放送をお送りすると告げる下村宏《しもむらひろし》情報局総裁の放送があり君が代が流れた。終《おわ》って玉音となり、全員頭をたれて聴く。あちこちですすり泣く声が起こった。陛下の放送がすむと再び和田さんとなり、詔書《しょうしょ》を再読し、さらに聖断までの経過などの解説を三十分余り行っている。

すごいアナウンスだった。日ごろ闊達《かったつ》ですべりのいい舌を持つ和田さんがそれらをすべてかなぐり捨て、まごころあふれる大アナウンスとなった。日本への愛惜と同胞への愛と、それらを誠意のオブラートに包んで一語一語確かめながら語っている。和田さんの生命の玉が言葉となって身体からまろび出る様な凄《すさ》まじさに私は背筋が寒くなった。

やがて和田さんの姿が現れた。黒いネクタイをゆるめながら、額にはいっぱいの汗をうかばせている。私は思わずコップに水をつぐと、同僚たちの間を縫うようにして課長席に運んだ。

「ありがとう」

と和田さんは顔をほころばし白いのどをそらすとグッと呑《の》み干したのである。

その日放送局から出ると夕方には間があるというのに空が一めんに薄墨《うすずみ》色であった。近くの官庁から上る煙らしく、焦げた紙片などもヒラヒラ舞っている。背後には大蔵省や外務省があり、近くには艦政《かんせい》本部の建物があった。米軍進駐の日に備えて秘密書

類を焼いているのだと気づいた。駅のガード下には、

「陸軍軍人に告ぐ！
七生報国《しちしょうほうこく》いまこそ決起せよ」

といったアジビラが何枚も貼られている。

私はここ一年北南米向《むけ》と東亜向ニュースを担当し、軍艦マーチの前奏付《つき》で大本営発表を読んでいる。特攻隊の出撃と戦果、戦死者の名と二階級特進の発表は一番辛《つら》い仕事だった。学徒兵が多く加わっていたからで、彼らは雨の日の書斎を思いながら国のために散ったのだ。アジビラに若者よ迷うなと私は願いながら、それにしてももっと早く日本は手を挙げられなかったものかと思った。

焼け出されの私は奇蹟《きせき》的に残った日本橋の叔母の家に暮《くら》していた。家に戻ると、窓という窓の遮蔽幕《しゃへいまく》が姿を消し、叔母たちは浴衣《ゆかた》に半幅帯で涼んでいる。

その日はじめての涙を私は流した。

こんどう・とみえ（一九二二〜二〇一六）
東京生まれ。作家。四十代より文筆業に入る。著書に『本郷菊富士ホテル』『田端文士村』『服装から見た源氏物語』『大本営発表のマイク　私の十五年戦争』ほか。日本放送協会（ＮＨＫ）には一九四四年十月に入局、敗戦を機に退社するまで約一年勤務した。

「サヨナラ」がいえなかった

佐藤愛子

人と人が別れるとき、「サヨナラ」というものだと私たちは思っている。しかしよく考えてみると「サヨナラ」といって別れることが出来る別れは倖《しあわ》せな別れだ。

戦争の頃、私たちは戦争に行く人に向かって「サヨナラ」ということが出来なかった。何か月か後には、死んでしまうかもしれない人との別れに「サヨナラ」はあまりにむごい響きを持っているように感じられた。私たちが「サヨナラ」を気軽にいえるのは、その人といつかまた会うという安心があるからなのだ。

女学校五年の夏の終わり、私は仲のいい同級生四人と紀伊《きい》半島に旅行した。四年間つづいた中国との戦いが太平洋戦争に発展して行った前の年である。私たちは各駅停車の三等車に乗って女学生らしく他愛のない雑談に笑い興じていた。やがて私たちの一人が駅で買った梨《なし》を食べようといった。しかしナイフがない。皮のまま食べるにはあまりに皮の厚い梨である。

そのとき、ななめ向こうにひとりポツネンと腰かけて小刀で梨をむいている若い兵隊が私の目に入った。

「あの兵隊に借りよう」

私はいった。みんなは賛成したが、誰が借りに行くかについてひとしきりもめた。ジャンケンをして負けた者が借りに行く。こういう時に負けるのはなぜかいつも私である。私は兵隊のそばへ行っていった。

「あのう……」

「は？」

と兵隊は緊張して私を見上げた。

「すみませんが……貸していただきたいんです」

「は？　なにを？」

「ナイフを……梨をむきたいんです」

若い兵隊はにっこり笑った。

「どうぞ」

と彼はナイフをさし出し、

「女学校五年？　四年？」

と聞いた。

「五年です」

「そう……」

私たちが交わした言葉はそれだけだった。若い兵隊にはきっと妹がいるにちがいないと私は思った。だから彼は私に学年を聞いた。彼は妹と私をくらべたのだ。（なぜか私はそれを恋人とは思わなかった）

急に私はもの悲しさに襲われた。彼はこれから戦争に行くのだ。そっとふり返ると彼はもう私たちのことなど忘れたように暗い電燈《でんとう》の下でもの思いにふけっている。彼はいかにも若々しく知性にあふれたいい眼をしていた。やがて私たちの下車駅が近づいて来た。私はナイフを返しに行き、紙に包んだ五枚の煎餅《せんべい》を彼に渡した。

「これ、お礼です」

彼はふと面白そうな目になって私を見、

「そう、ありがとう」

といって受け取った。私は「サヨナラ」といおうと思ったがいえなかった。私は黙ってお辞儀をした。彼の方で「サヨナラ」といった。

この話はそれだけの出会いで、それだけの別れである。しかし戦争の中で青春時代を過ごした私の最も短く最も印象の強い別れなのである。

さとう・あいこ（一九二三〜）
大阪府生まれ。作家。著書に『戦いすんで日が暮れて』（直木賞）『幸福の絵』（女流文学賞）『九十歳。何がめでたい』『気がつけば、終着駅』ほか。夫の実家があった岐阜県大井町（現恵那市）で終戦を迎えた。次兄は広島で被爆死、三兄はフィリピンで戦死している。

空襲・終戦・いさぎよく死のう

橋田壽賀子

　また終戦記念日がめぐってくる。あれから三十九年もたって、随分いろんなことを忘れてしまったけれど、終戦の日と、その前後のことは、今でも鮮明によみがえってくる。日本人の誰もがそうであったように、私にも私の人生を変える最も烈《はげ》しい運命の転機だったからであろう。昭和二十〔一九四五〕年、私は二十《はたち》、青春の真っただなかで迎えた終戦であった。

　当時、日本女子大の三年だった私は、東京の学校も空襲で閉鎖され、その年の三月ごろから大阪へ帰って、海軍経理部へ勤めていた。母の暮らす堺《さかい》市とは大分離れた、宝塚《たからづか》に近いところにあったので、母とは別れての下宿暮らしであった。そのころ、大阪周辺でも毎日のように空襲があり、経理部でも防空壕《ぼうくうごう》へ避難する間に、何度機銃掃射にあったか知れない。夜は、必ずどこかで火の手があがり、その度に町や都市が焼土《しょうど》と化していく。

七月のなかばに、下宿の二階から夜空を焦がす炎が、ひときわ烈しく眺められた。堺市が空襲を受けているらしいという情報に、思わず息をのんだ。堺市には、母がひとりで暮らしている家があった。が、勿論《もちろん》助けにいくことも出来ない。夜通し震えながら、ただ真っ赤な空を見つめているだけであった。

夜があけて、事情を察した上司が、様子を見にゆく車を出して下さったが、とても熱くて町の中へは入れない。見渡す限りの焼け野原には、黒焦げの死体が至るところに転がり、電車の高架線の鉄塔には、自転車やトタン板などがからまりついていて、熱風の恐ろしさに身の毛がよだった。

父は、京城（今のソウル）で事業をしていて、当時もう連絡も途絶え、母には疎開をすすめていたが、留守を守るもののつとめだと、堺の家を動こうとはしなかった。その母のいる家の辺りは、防空壕の中まで火が入り、死体が折り重なっていると知らされ、母のことは諦《あきら》めて引き返した。

が、三日ほどたって、煙で目をつぶされ、全身火ぶくれになった母が、二十キロばかり離れた親戚の家へ、手さぐり同様でたどりついたという知らせを受けた。衣服は焼けおち、肌も足も焼けただれ、飲まず食わずで三日間も彷徨《ほうこう》した母の苦痛を思ったとき、それまで聖戦と信じていた私も、初めて戦争を憎んだ。

その母に会いにいく暇もなく、終戦の日が来た。炎天下で油蟬《あぶらぜみ》の声をききながら、経理部の庭で、ラジオから流れる終戦の詔 勅《しょうちょく》をきいた。全部員が整列する中で、将校たちの腰には、もう権威を象徴する長剣はなく、丸腰の彼らが、妙に哀《かな》しくみじめに見えた。

よく、終戦のとき、これで自由になってホッとした、とおっしゃるかたがいるけれど、私にはそんな感慨は微塵《みじん》もなかった。日本が負けたときは死ぬときだと、長く思い続けていて、何故《なぜ》か平家滅亡の壇《だん》の浦《うら》の運命が、やがて来るのだろうと信じていたから、なんとか苦しまずに死にたいと、それればかり考えていた。

もう家も財産も焼けて、母子ともども裸になってしまったし、朝鮮にいる父も、敗戦と共に死ぬ運命にあるのだろうと思うと、この世になんの未練もなかった。また、余りにも親しいひとたちの死や、町の破壊を見てきた所為《せい》で、死ということに不感症になっていたとも言える。

が、現実はそんな悠長なものではなかった。とにかくアメリカ兵が進駐してくる前に、重要書類を焼却せよという命令で、その日から、私たち下《した》っ端《ぱ》職員は、総動員で書類を庭へ運び出し、三日三晩ほとんど寝ずに燃した。ギラギラと灼《や》きつくような太陽の下を、重い書類を抱えて庭を往復し、目は煙で真っ赤に腫《は》れあがった。

頭の中は真空状態で、なにも考えられなかった。ただ、アメリカ兵がやってきたときは、いさぎよく死のうと覚悟を決めていたから、肉体的な苦しみにも耐えられたのではないかと思う。

今も、私は、あのとき一度死んだ生命だと、居直っている。それが、その後三十九年、どんな苦労にもへこたれず、生きてきた原動力になったのかも知れない。

はしだ・すがこ（一九二五〜二〇二一）
朝鮮・京城（現ソウル）生まれ。脚本家。手がけた作品に、テレビドラマ『おんな太閤記』『おしん』『渡る世間は鬼ばかり』『なるようになるさ。』ほか。「戦争と平和」を生涯のテーマとし、『春よ、来い』『99年の愛』など、戦争を描いた作品を多く残した。

海苔巻きと土佐日記

杉本苑子

『土佐日記』をはじめて読んだのは、国文科の一年生のときだった。課目のひとつとして、先生から講義を受けたのである。

『増鏡《ますかがみ》』『方丈記』『徒然草《つれづれぐさ》』といった、その年ごろにも比較的、理解しやすい他の古典が、それぞれ講師をちがえて、やはり一時間の課目に組み込まれていたが、そんななかで、私がいちばん面白く聴いたのは『土佐日記』の講義であった。

「男もすなる日記といふものを、女もして見むとてするなり」

と、のっけからウソをついているのが、まず可笑《おか》しかったし、読みすすむにつれて随所に出てくる皮肉やユーモア、むじゃきな自讃《じさん》、その反対の自己批判など、紀貫之《きのつらゆき》という人は、なんてこっけいなおじいさんなんだろう、平安朝の官吏には、こんなタイプもいたのか、「古今集序」などから受ける印象とはだいぶちがう、それにしても、正岡子規《まさおかしき》の『再び歌よみに与ふる書』はすこし気の毒だ。

「貫之は下手な歌よみにて、古今集はくだらぬ集にこれあり候」

では、貫之もうかばれまいと、歌論としては大いに子規に共鳴しながらも、千年前の歌聖に、いささか同情したものである。

「ただ押年魚《おしあゆ》の口をのみぞ吸ふ。この吸ふ人々の口を、押年魚、もし思ふやうあらむや」

などというくだりになると、年ごろの娘ばかりだから、教室は嬌声《きょうせい》、笑声で騒然となる。講師もニヤニヤされる。まだ若い、男の先生で、度のつよそうな縁《ふち》なし眼鏡の顔は、表情というものをあまり露《あら》わにしない。よほどおかしいときでもニヤニヤの程度だが、無表情な顔でユーモラスな個所を講義されると、こっけい感はいっそう増した。

私がいま、疑問に思っているのは、例の、

「なにの葦蔭《あしかげ》にことづけて、ほやのつまの貽《い》ずし、すし鮑《あわび》をぞ、心にもあらぬ脛《はぎ》にあげて見せける」

のところ、どう考えても、講義を受けなかった気がする点である。もし、原文どおりに先生が訳しておられたら、教室のさわぎは「年魚の口を吸う」どころではなかったはずだが、そんな記憶はまったくない。

いま読めば、なんでもないような小説中の描写でも、それが古典であってすら、ワイセツと断じて片はしから伏せ字にしてしまった当時だ。

「十八、九の女子学生には穏当でない」

と文部省あたりから指摘されて、教科書用としては削ってしまったのか、それとも先生が、適当にごまかして講義されたのか、教科書を失くしてしまったのでたしかめるすべはない。

対・米英戦争がはじまってまもなくのころで、私たちはせっかくつくった制服もろくろく着ずに、モンペ姿にきりかえて通学していた。それでもまだ、学校の売店では、お弁当らしきものをお昼になると売り出した。サンドイッチと海苔《のり》巻《まき》き、それから黄粉《きなこ》をかけた葛《くず》もちであった。

終《お》わると、ちょうど正午になる、という講義のときは、だから先生が、すこし早目に切りあげてくれるか、すくなくとも正午きっちりに講義を中止してくれなければ、食べ物を買いそこなう結果になる。

家庭から持参してきているお弁当は、二時間目の休みごろに食べてしまっているから、ぜがひでも買いたいとみんな手ぐすねひいているのに、ベルが鳴ってもまだ、ノンベンダラリと話しつづけている先生はほんとうに癪《しゃく》にさわった。

やっと終って、われがちに教室をとび出しても、売店の前はすでに長蛇の列……。葛もちしか手に入らない。不思議に葛もちだけは売れ残っていた。何の甘味か、砂糖でないことはたしかだが、それでも、敏感になっていた舌には薄甘く、けっこうおいしかった。

奇妙なのは海苔巻きのご飯で、家庭に配給されていた臭い、細長い、バサバサの外米とはちがう。といって内地米でもない。丸くてふくらんで、ボキボキ、ヌルヌルしていた。あれを海苔で巻き、かんぴょうを芯にして、ともかく海苔巻きの形につくった寿司屋の技術はたいしたものだ。

『土佐日記』の先生が「早目に切りあげ」のくちだったか「ノンベンダラリ」のほうだったかは、忘れてしまった。私たちも次第に図々しくなって、先生がたに、

「もうやめて下さい。お弁当を買うんです」

　講義の中止を申し入れたりしたが、そのうちに、売店そのものが閉鎖になり、男子学徒の出陣を神宮外苑《じんぐうがいえん》へ見送りにゆくころから、戦況も険悪の度をまし出した。私たちが古典に別れをつげ、軍需工場へ駆り出されて行ったのも、それからまもなくのことだったのである。

すぎもと・そのこ（一九二五～二〇一七）
東京生まれ。作家。著書に『孤愁の岸』（直木賞）『滝沢馬琴』（吉川英治文学賞）『穢土荘厳』（女流文学賞）ほか。一九四三年十月、東京の明治神宮外苑競技場（旧国立競技場）で開かれた出陣学徒壮行会に、見送る女子学生の一人として立ち会っている。

続 牛乳

武田百合子

戦争に敗《ま》ける前の年あたりは、いったい、どんなものを口に入れていたのだろう。──ドングリの粉のパン。あれは、空襲がひどくなってきてからだったろうか。黒パンに似た、しんみりした味があって、あれは好きだった。あまり続けて食べると、ドモリになるという噂《うわさ》があった。切干大根だの海藻だのは、あった。おからや芋の粉があった。いかの塩辛《しおから》もあった。いかの塩辛と七味唐辛子は、何故《なぜ》だか、いつもあった。藁《わら》から作ったのだという（不思議な）白い粉も配給された。パンにして食べた。お米や卵を、ときたま食べた。アサ・オヒル・バンノゴハンと、あくまでも三度三度ちゃんと何かを口に入れた。抜いたりなどしなかったように思う。そして、眼が覚めている間は、次の食事の時間が待ち遠しかったように思う。

二十五歳以下の独身無職の女子はやがて徴用される、と教えられたから、私は和裁の稽古をやめて学校の事務員になっていた。徴用されて、お国のために働くことはいやではなかったが、軍隊そっくりの号令をかけられるのが怖くていやだった。怒鳴られるだけで、何を言われてるのだか、さっぱり聞きとれないのである。中学生の二人の弟は学徒動員の工場へ通っていた。夕方になると三人が家に帰ってきた。病気の父が附添看護婦《つきそい》と、一日中じっと家の中にいた。

晩の御飯をしっかりと、しかしアッケなく呑《の》み込んでしまうと、そのあと寝るまで、さしあたって何にもすることがない。黒い布をかけて光りを弱くした茶の間の電灯の下で、脚を投げ出している。すると「ああーあ。×××が食べたいねえ」奥の座敷から乾いた声が、ゆっくりと少し震えて聞《きこ》えてくる。去年から医者が往診に来るようになって、今は殆《ほとん》ど寝たきりの肺病の父が、天井に向《むか》って思いの丈《たけ》を述べているのだ。テッポーダマが食べたいねえ、と言ったり、鱒《ます》の鮨《すし》、と言ったり、白いチョコレート、と言ったり、日によって色々であった。

梅雨が上《あが》る頃だった。丁度、そんな時刻に、私と同じ所に勤めている山本さんが、闇の牛乳を一升、不意に持ってきてくれた。牛乳がほしいなあって、ほら、この間言ってたじゃない。うちは警察に知り合いがあって手に入ることがあるから、と、近眼鏡をかけた青白い顔の山本さんは、何だか恥ずかしそうな笑い方をした。そうだったかな、そんなこと言ったかな、それにしても夢のようだな、と思った。

肩まで牛乳が入った青色の一升瓶を病人の枕許《まくらもと》で揺らして見せると、青く透けた首の方まで音もなく白く濡《ぬ》れ、それが元通りになかなかならない。象牙《ぞうげ》を蕩《とろ》かしたような、特別に濃い牛乳なのである。父はせからしく吃《ども》って「お前の友達なら、綿を上げたらどうか」と指図した。納戸の奥に、買いだめた脱脂綿が、まだあった。

門の外の防火用水桶《おけ》に寄り掛《かか》って待っている山本さんの、骨の薄い平らな胸に、お金と綿の包《つつみ》を押しつけた。何の包かと聞くから、ワタと答えると、一寸《ちょっと》考えた風になってから、ありがとう、と袋にしまった。並んで坂を下りて行くとき、黒地に白い絣《かすり》の麻の上衣の胸元をつまんで、お母さんの着物で作ったのだ、と言った。「もう一枚とれるから、縫ってあげましょうか。簡単だから」と言ってくれたけれど、似合いそうもないので黙っていた。それっきり話すことがなくなってしまって橋まできた。

ここまででいい、と言って、川のふちに沿って、山本さんは帰って行った。

吸呑《すいのみ》を近づけると、しっかりとしゃぶりつく。トンボの口のようだ。ガラスの管をつーっと真白にして牛乳が走り込んでいって、注意深くのどが鳴って、病人は大きく光らしていた眼をつぶる。（看病のうち、この、吸呑みで牛乳を飲ませる役が私は好きだ。）

再び眼を大きくあけて天井を眺め、いやに丁寧な言葉をつかって、病人が訊《き》く。

「あなたの、そのお友達、美人かね」「普通ぐらい」と答える。吸呑みを近づける。

土用を越すとまもなく、容態があらたまり、八月の上旬に父は死んだ。

秋になると、警報のサイレンが、ひんぱんに鳴るようになってきた。身寄りのない附添看護婦が、病人のいなくなったあとも居ついて、私たちと暮《くら》していた。風が寒くなる頃の晩、山本さんが、また、闇の牛乳を一升持ってきてくれた。この前もそうらしかったが、声の小さな山本さんは、いくらよんでも誰も出てきてくれない玄関に、しばらく佇《た》っていたようだった。近く田舎へ疎開するから牛乳はこれでお終《しま》い、今日の分はお金も何もいらない、というようなことを、一気にしゃべる。ゆで卵と、それから牛乳を瀬戸物の水筒に急いでつめて、肩提げ袋に入れて表へ出た。警報が鳴らないうちに帰らなくちゃ、うつむき加減に歩きながら、山本さんが言った。橋を渡って大通りへ出ると、いくらか明るかった。人がちらほら歩いていた。あまり音も立てずに大きな黒い自動車が走っていったあと、道のまん中寄りを歩いていても車が通らなかった。大通りにある私鉄の駅から電車に乗り、一度乗り替えして、山本さんの家まで一時間以上かかる。

「歌うたってたでしょう、さっき。ずいぶん元気そう」玄関で聞いていたらしい。〝金剛石も磨かずばぁ〟と歌っていたのだ。浪花節《なにわぶし》みたいに。

階段を上った高架線のプラットホームは、ほの暗くて、少し風があった。ホームの屋根の尽きたところに一かたまり影があるほか、誰もいなかった。一かたまりの影は、七、八人の男たちの輪で、まん中に黒い服の男がいた。黒い服の男は日章旗のタスキを胸にかけていた。狭くとりまいて顔を寄せ合い、皆が同じように頭や肩を動かし、口をパクパクさせている。歌ってはいけない内容の内緒の歌を、息だけで歌っているらしかった。見送り人についてきたらしい黒犬が、ぽつんと離れて大人しくしている。

電車がなかなか来なかった。駅の事務室で電話のベルが鳴ったりした。ゆで卵を山本さんの袋へおし込んだ。三つ、あげたように思う。水筒の牛乳を代《かわ》る代《がわ》る飲んだ。ときどき思い出したようにサーチライトが二、三本、黒い丘のむこうからのび、だるそうに、しかし素早く西南の空を舐《な》めた。

「ずーっと此処《ここ》にいるつもり?」「わからない」「将来について考えることある?」よく考えたことがないような気がするから、いま考えようとした。すると、これから先、生きていれば、必ず毎月毎月使うであろう、おびただしい嵩《かさ》の白い綿と、使月済みの沢山《たくさん》の赤い綿が浮《うか》んできた。山本さんは自分の足の先あたりに、眼鏡の眼を伏せて「あたしは、早く二十五ぐらいになりたい。何だか二十五になると、いっぺんに楽になれそうに思うの。だけど大へんね。あと七年もよ。生きていられるかしらん。本当言うとさ。去年も今年も月経が一度もなくて。――貧血だって」と言った。

電車が来て、出て行ってしまうと、またベンチに腰かけて、一人で残りの牛乳を飲んだ。地べたにこぼれた牛乳を、黒犬が寄ってきて舐めた。少し怖かったが、手をくぼませて牛乳をとってやると、パチャクチャと飲み干した。残りを地べたにたらしてやると、ますます尾を振りたくって、しゃりしゃりと舐める。階段を下りかけた見送りの男の一人が戻ってきて口笛を吹いても知らん顔していた。

山本さんと牛乳と私の関係を、こうやって思いたぐってみたら、沈んだ気分になった。牛乳をだまし取った上に、いじめたのだ、と思う。山本さんは二十五歳にならないうちに疎開先で死んだ、と聞いている。

たけだ・ゆりこ（一九二五〜九三）
神奈川県生まれ。エッセイスト。夫は作家の武田泰淳。著書に『富士日記』（田村俊子賞）『犬が星見た　ロシア旅行』（読売文学賞）『遊覧日記』『日日雑記』ほか。一九四五年五月の横浜大空襲により、自宅は全焼した。

半年だけの恩師

河野多恵子

いつか新聞で読んだことなのだが、人間というものは、悲しかったことや、つらかったことのほうを、うれしかったことや、楽しかったことよりも、ずっと早く忘れるそうである。いい思い出のほうが深く記憶に残るのだそうである。してみると、人間の本性はもともと善なのであろうか。それとも、自己愛のせいなのだろうか。あるいは、自己救済の能力が一種の本能のように、そなわっているのであろうか。

しかし、人間のそのような傾向を考えて、多少は割り引きする必要があると思ってみても、私は、先生運のよい星のもとに生まれてきた人間らしい、と思わないわけにはゆかないのである。幼稚園、小学校、女学校、専門学校、それぞれの時期の各先生、そのほかに少しものを習った先生がた、さらに文学の先生、数え上げれば相当の人数になるが、嫌だった先生は三人ほどしかない。半面、その先生との出会いにしあわせと感謝を感じる先生は、十人に余る。直接には担任ではなかった先生から、子供心にも感動せずにはいられなかった深い配慮をいただいたこともあった。また、私は自分の文学の先生との繫《つなが》りを思うと、最初の出会いに、まさしく不思議な星のめぐり合わせを感ぜずにはいられない。そのめぐり会いがなければ、いったい自分は今どんなことになっていただろうと慄然《りつぜん》とするほどだからである。それだけに、文学の先生とのことは簡単には書き切れそうにはない。

私が書こうとしているのは、学校時代のほんの一時のご縁でありながら、思いがけない影響を受けているらしい、ひとりの女の先生のことである。

そのS先生に接したのは、戦争末期の昭和十九〔一九四四〕年、私は満年齢でいえば間もなく十八になる時期だった。大阪で、旧制の女子専門学校に入ったばかりのころであった。私が作家になりたいと思ったのは、戦後になって学校の卒業間近になってからのことで、進学は、作家になろうとしたからではなかった。作家ばかりでなく、私は何になろうとしていたわけでもなかった。

その前年、戦時下の日本では、女子挺身隊《ていしんたい》という制度が法律で定められた。詳しいことは忘れたが、女性も主婦以外の者は働かなければならないという制度だった。すでに学校を出て就職している人たちは、自分たちの択《えら》んだ、その職場で働き続けておればよいのだが、新しい卒業生は、卒業と同時に、割り振られた職場へ集団的に強制動員される。しかも、その職場が、軍需工場なのである。ところが、進学すれば、その動員を自動的にまぬがれる。で、当時はそういう人が急増したのだが、私もそのひとりで、挺身隊のがれのために進学することにしたようなものだった。知的好奇心も全くなかったわけではないが、是非とも合格したいと思う時、私にそう思わせているのは何よりも挺身隊に動員されたくないからだった。

その学校は、国文国史学科、英文学科、家政理学科の三科があった。私は家政は好きではなかった。また、英語は敵国語だというので排斥《はいせき》されていて、女学校ではすでに正課から除外されていたほどだった。で、国文国史学科を第一志望に、英文学科を第二志望にしようと思っていた。この二つの科ならば、受験科目に数学がなくて、準備も助かりそうだった。

ところが、受験期まで三ヵ月という頃になって募集内容が発表されると、大幅に変更が生じていた。英文学科が経済科に改められ、家政理学科が一クラスの家政科と二クラスの物理化学科に分けられた。国文国史学科はそのまま、国語科だった。そして、全科ともに、受験科目に数学が入っていた。私は第二志望を経済科にして、数学の準備にはじめて取りかかった。

どの学校でも受験者の数は非常に増加していた。私のように挺身隊のがれを願う者が多かった。それに、国家はなるべく働き手をふやそうとして、五年で女学校を卒業しなければ進学できなかった専門学校へ四年からも受験できることになってしまった。出題は四年程度のものとされたが、私は新規に準備をはじめた数学では、その程度のものでも自信がなかった。そして、何よりも、受験者の激増が脅威だった。

私の受験校では、一クラス四十名分だけ募集人員がふえていたが、その時の競争率は前年の五倍以上になってしまった。受験場がそこだけでは足りなくて、近くの旧制大阪高等学校も借りられた。私はそちらのほうで試験を受けた。二月の雪の降る寒い日だった。物資不足で、暖房などは全くない。そろそろ、敵機が侵入してくるような状勢になっていて、モンペを着用しなければ試験を受けさせない、とその学校の受験規則に定められていた。ところが、私たちの受験場は、日頃は男子専用の学校であるから、女子の使えるご不浄はほんの僅《わずか》しかない。最初の休憩時間になると、その前に長々と行列ができた。が、行列は容易に縮まない。番がきて中で用を足す人たちがモンペの扱いに、時間を要するからである。そして、行列がほんの少し縮んだだけで、次の時間開始のベルが鳴りだした。暖房のない寒い受験場の幾ヵ所かで、失尿がおこった。で、先生がたは気がつかれ、必要のある人は手をあげれば、女の先生が同伴で用足しに出してあげます、ということになったものだ。

その時の失尿者で、合格した人もある。私は失尿もせずに合格したが、第一志望に落ちての合格だった。第二志望の経済科に、まわされたのである。

進学の最大の目的は、挺身隊のがれだったとはいえ、合格してみると、第一志望の国語科に未練がおきた。一時は、来年もう一度受験して国語科を目指そうかと思ったくらいだった。私はやがて社会科学の発想に触れて非常な面白さを覚えるようになったが、最初のうちは経済科の授業がつまらなくて仕方がなかった。英文の授業時間も多かったが、鎖国状態の日本で英語を勉強して何になるかと思うばかりだった。

そういう憂鬱《ゆううつ》な最初の一ヵ月がすぎた頃であった。私たちの科の副主任をかねて、若い女の先生が来られることになった。副主任というのは各々の科の専攻科を出て、研究室に残っている人たちのなかから択ばれる。が、時局柄《がら》英文科に残る人は絶えていたようだし、経済科は始まったばかりで卒業生はいないし、どこかの学校の先生をしていられた、そのS先生が英文科の卒業生のなかから招かれたらしかった。

「Sさんという人でしてね」

その若い先生が来られることを予《あらかじ》め告げて、ある先生が言われた。黒板にそのかたの苗字を書いてから、「優しい人だといいですね」

と付け足された。ちょっと意味ありげに付け足されたように見えた。が、私がそう思ったのは、本当はS先生にいよいよお目にかかってからのことだったかもしれない。ただ、意味ありげに感じたのは、私ばかりではなかったようだ。

S先生は、卒業年度からすると、当時満年齢で二十四、五歳だったことになる。太ってはいらっしゃらず、身動きも機敏だったが、非常に大柄だった。初めて紹介された時、にこりともなさらず、また親しみを示そうともなさらなかった。私たちは、「優しい人だといいですね」と先に聞かされていた言葉を思い出し、ちょっと取りざたしたものだ。が、そう言われた男性の先生は、S先生の在学当時にはいらっしゃらなかった先生で、恐らくお会いになったばかりであったのだろう。

S先生は第一印象では、少し取っ付きにくいところがあったが、私たちは次第に先生のよさを感じはじめた。言葉数は少なかったが、ゆっくりと話される声が、実に美しいアルトであった。当時はおしゃれどころではない状勢だったし、食糧不足や夜の警戒警報の発令の不眠のために、だれも彼も冴《さ》えなく元気がなかったが、S先生だけはそうではなかった。モンペは着用しておられたものの、派手ではないまでも、いつも身だしなみがよかった。物資不足のなかで、同じ物を着続けるということなどなさらず、豊かな頭髪はいつも、たった今ブラシを置かれたばかりのようだった。小麦色の頬《ほお》が健康そのもので、眼鏡はかけておられたが、大きな目がこのうえなく活々《いきいき》している。

助手からじきに助教授になられたが、私たちが自分たち同士では先生のことをSさんとお呼びしていたのは、むしろ親しみのためだったようだ。先生の授業の時間は、週に三回くらいはあったと思う。英詩の授業もあって、主に十九世紀の英米の詩人の作品と生涯について、少しずつ習った。

私はこの時間が、好きになった。私がエミリ・ブロンテの名を初めて知ったのも、先生のその授業の時であった。そのとき習ったエミリの詩のひとつが、彼女の絶筆「私の魂はおののかない」である。彼女のこの詩は、やがて空襲が激しくなり、その夜の生命のほども知れない日が続くようになった時、どのくらい私を慰め、励ましたかしれない。そして、その授業の時に聞いた彼女たちの生涯のこと、「嵐が丘」のことは、後にエミリの文学に深入りする手がかりとなったものだ。私はそれから二十六年目に当たる昨年〔一九七〇年〕、上演用に「嵐が丘」を脚色したが、「嵐が丘」は私の文学に実に多くの影響を与えているようだし、今なお与え続けている。ブラウニング夫妻が終わった次の時間のはじめ、「このまえはご夫婦で詩人だったかたたちですが、今日からは、きょうだい全部が詩と、そして小説も書いた人たちのものをしましょう」と活々した眼差《まなざし》で私たちを見渡しながら、S先生が言われた、美しいアルトのゆっくりした口調が今でも思い出される。

S先生の授業が二ヵ月ほど続いた頃だったようである。

「何のために勉強するのですか？」

と先生は言われた。皆は黙っていた。すると、先生はこう言われた。

「皆さんは、じきに死ぬかもしれませんね。爆弾が落ちてくれば、そうなりそうですね」

私たちは、一層だまり込んだ。先生は続けられた。

「いつ死んでもいいように勉強するという気持でいてください。勉強しておくといっても、あまり時間がないかもしれませんね。ですから、一つずつの詩とか詩人たちの生涯で何が詩人にさせたかとか、そういうほんの僅なことで、少しでも豊かな心を養うようにしてください。でも、授業中に眠ければ、眠ってくださっていいのですよ。そして、目が覚めれば、また聴いてください」

戦時下の慌《あわただ》しい授業で、S先生の言われた、その言葉に、私は本当に感謝の思いをひきおこされた。

進学して挺身隊のがれに成功したと思ったのも束《つか》の間《ま》で、私たちは夏になれば動員されることになっていた。そして、梅雨が明けると、敵機の侵入が遽《にわ》かにふえはじめた。夜、警戒警報が鳴ると、私たちは自宅の最寄りの定められた救急病院へ駈《か》けつけなければならない。警報解除になるのは、夜が白んでからであることもしばしばだった。短い仮眠のあとで乏しい朝食をとって登校する。

先生がたのなかには、授業の前に前夜の敵機のことや、戦況のことを雑談されるかたがよくあった。が、S先生は相変わらず身じまいよく、立派な活々した躰《からだ》つきで教室へ入って来られると、挨拶して私たちが着席するのを待って健康そのもののような顔を皆に向けてから、まるで平和な時代の授業のように、進行中の詩人の生涯の話の続きをはじめられたり、次にとりあげる詩をおおらかな文字で黒板に書きはじめられたりした。生徒があまり変な訳をした時など、ちょっと微笑しながら指摘されたが、たまに見せられるその笑顔には温かさが溢《あふ》れていた。

遂《つい》に、私たちは工場へ動員されることになった。軍需工場で、元締めをしているのは、軍人である。その軍人たちが付き添い教官を操縦して、少しでも私たちに能率をあげさせようとする。労働時間は永く、午後の作業の途中に十五分間の休憩時間をとり入れられたことさえ、先生がたが幾度も折衝《せっしょう》してくださったあげくに、やっと許されたのだった。

そういう雰囲気のなかで、私がある朝、遅刻をした。私たちのクラスと国語科のほか、他の専門学校から動員されている人たちも一斉に行なわれる朝礼の会場へ私が駈け込んで行ったのは、ちょうど点呼が終わった時だった。クラスの点呼の当番が、私のところには欠席の印をつけてある筈《はず》の出席簿をS先生に差し出したところだったのである。当番は差し出しかけたまま、そこへ駈け込んできた私を見て戸惑った。折柄《おりから》、S先生は私に気がつかれた。と、さりげなく出席簿を引き取られ、

「じゃあ、今日は欠席も遅刻もなしですね」

としっかり言われ、出席簿を開いて訂正された。私はお辞儀をして、列に加わった。

それは、先生の一瞬の機転であった。当時の軍需工場の雰囲気を思うと、監督の軍人のいる前での先生のその時の機転は、余程の愛と勇気がなくては、ありえるものではない。全員集合している場所で生徒をかばったり甘やかしたりするとは何事か、と

大事になりかねない懸念はあったはずである。それを承知でかばってくださるには、文字通り身をもってかばう勇気がなくては出来ないことだったのである。

先生はその冬、私たちに特に別れも告げずに学校を去ってしまわれた。確か、学校の先生と結婚されたということだった。卒業者名簿で見ると、結婚で改姓されたままの姓がずっと続いているし、ご健在であることもわかるから、幸福に暮らしていられるのだと思う。

S先生は生徒たちに馴々《なれなれ》しく話しかけるようなことはなさらなかったけれど、先生の全身には常に、何かしら平和と輝きが溢れていた。不快な顔をされたことは、一度もない。小言を言われたことも、一度もない。もちろん、ヒステリックになられたことなど、ありうる筈はなかった。常に活々していられたのは、何よりも健康であり、身だしなみのよかったのは戦時下とはいえ、お年ごろであったからでもあろう。が、年齢を超えた、人間的な豊かさをもっておられたことを思うと、お年ごろのせいばかりではなかったようだ。

女性の欠点とは無縁で、女性に期待しがたいものは備わり、つまり、この上ない豊かな人間であることが、そのまま豊かな女性であることに通じていられた、S先生のことを思い出すと、S先生とは似ても似つかぬ私ではあるが、人間としても、作家としても励まされる思いがするのである。

こうの・たえこ（一九二六〜二〇一五）
大阪府生まれ。作家。著書に「蟹」（芥川賞）『不意の声』（読売文学賞）『みいら採り猟奇譚』（野間文芸賞）ほか。一九四四年に大阪府女子専門学校（大阪府立大学の前身）に進学するも、まもなく軍需工場へ動員される。四五年三月の大阪大空襲で自宅は被災。

はたちが敗戦

茨木のり子

「戦争が始《はじま》ったんだって。いやだねえ」

「ふうン、どこと?」

「支那とだが」

校庭でドッジボールをしながら始業前のひととき三河《みかわ》弁でそんな会話がボールとともに飛びかったのは、私の小学校五年生のときで、のちに日支事変と呼ばれるものだった。

子供ごころにも何やら暗雲のかげさして、いったいどうなるのだろうと不安になったのだが、それから太平洋戦争に突入して八年後には敗戦となる運命は知るよしもなかった。

しかし暗雲はいちどきに拡《ひろ》がったのではなく、徐々に徐々に、しかし確実に拡がっていって、気がついたときには息苦しいまでの気圧と暗さとで覆いかぶさるようになっていたのである。当時はまだお八《や》つにも事欠かず、名古屋公演の宝塚も観《み》にゆけて、「少女の友」という雑誌にうっとりしていられたし、小学校では、

昭和　昭和　昭和の子供よ
ぼくたちは
姿もきりり　心もきりり

などという唱歌を歌ったり踊ったりしていた。

後年、歴史年表をしげしげと見るようになってから、私の生《うま》れた昭和元〔一九二六〕年から十二〔一九三七〕年くらいまでが、日本にとってどんなに激動の時代であったかがわかり慄然《りつぜん》となるのだが、愛知県の西尾《にしお》という小さな町で、のんびり育っていた当時の私には、歴史の鼓動を捉えうるような材料は身の廻《まわ》りに何もなかった。

父はその町の或《あ》る病院の副院長をしていて、経済的にも比較的恵まれていたせいで、昭和初期の不景気風も身に沁《し》むことがなかった。いくら子供でも手ひどい思いをしたのなら、必ずなんらかの痕跡や記憶を残しただろうけれど。私にとって手ひどい思いは、防空演習もひんぴんと行われるようになった翌年、結核で母を失ったことだった。

今になって思えば、日支事変勃発から敗戦まで、僅《わず》か八年間だったかと、その歳月の短さに驚くけれども、私自身の感覚からすればずいぶん長い長い敗戦までの道のりだったような気がする。

子供から思春期を経て青春期へ――人間の成長過程のもっともめざましい時期が、最初華々しく、やがて敗《ま》けいくさとなってゆく日本の運命と反比例するような具合だった。

太平洋戦争に突入したとき、私は女学校の三年生になっていた。全国にさきがけて校服をモンペに改めた学校で、良妻賢母教育と、軍国主義教育とを一身に浴びていた。退役将校が教官となって分列行進の訓練があり、どうしたわけか全校の中から私が中隊長に選ばれて、号令と指揮をとらされたのだが、霜柱の立った大根畑に向《む》かって、号令の特訓を何度受けたことか。

かしらア……右ィ
かしらア……左ィ
分列に前へ進め！
左に向きをかえて　進め！
大隊長殿に敬礼！　直れ！

私の馬鹿声は凜凜《りんりん》とひびくようになり、つんざくような裂帛《れっぱく》の気合が籠《こ》るようになった。そして全校四百人を一糸乱れず動かせた。指導者の快感とはこういうもんだろうか？　と思ったことを覚えている。
そのために声帯が割れ、ふだんの声はおそるべきダミ声になって、音楽の先生から「あなたはあの号令で、すっかり声を駄目にしましたね」と憐憫《れんびん》とも軽蔑ともつかぬ表情で言われた。いっぱしの軍国少女になりおおせていたと思う。声への劣等感はその後長く続くことになるのだが。

女学校の隣が駅だったため、私たちはしょっちゅう列を組んで小旗をふり、出征兵士を見送るのも学校行事の一つだったし、増産のため農家へ出張する勤労奉仕も多く、稲刈《いねかり》、麦刈、田植《たうえ》、兎《うさぎ》狩り、蝗《いなご》狩り、もっこかつぎ、なんでもやった。今でも鍬《くわ》のふるいかたなど「奥さんの実家は農家ですか？」と言われるほどうまい。

勉学というものには程遠く、戦争にばかり気をとられ、ウワウワとした落ちつきのない四年間だった。当時の女学校はその地方の最高学府みたいなもので、卒業すればしばらくしてお嫁に行く人が多く、上級学校へ進む人は稀《まれ》だった。

父は私を薬学専門学校へ進めるつもりで、私が頼んだわけではなく、なぜか幼い頃からそのように私の針路は決《きま》っていた。父には今で言う「女の自立」という考えがはっきりと在ったのである。女の幸せが男次第で決ること、依存していた男性との離別、死別で、女性が見るも哀れな境遇に陥ってしまうこと、それらを不甲斐《ふがい》ないとする考えがあって、「女もまた特殊な資格を身につけて、一人でも生き抜いてゆけるだけの力を持たねばならぬ」という持論を折にふれて聞かされてきた。「女の問題」を自分で考える以前に、年端《としは》もゆかない子供時代から、いわば父によって先取りされていたのである。

明治生れの当時の男性としては、ずばぬけて開明的であったと思うが、そうなった原因を探ってみると、二つのことに思い至る。一つは父の長姉が若くして未亡人となり、それから苦心惨憺《さんたん》、検定試験を受けて女学校の先生となった辛苦のさまを末っ子の父がつぶさに見聞しただろうこと。長姉が不幸のトップを切ったために次姉たち二人は発奮して、二人ともお茶の水女高師を出ている。教育県として知られる長野県人であったとしても、祖父もまた男女の区別をつけない人であったらしい。

もう一つは若い時、父はドイツへ留学して医学を学んだ経験があり、それが日本女性とヨーロッパ女性とを常に比較検討させたか？　と思う。日本では結婚しない女は半端もの扱いだが、ヨーロッパでは一生独身でシャンと生きてゆく女が一杯居るというふうなこともよく聞かされたし、ドイツ語の先生として、かつて父が選んだ女史もそういう人だったそうで、女らしい反面「〇〇月謝を持ってきたか」などとはっきり言える人でもあり、いずれにしても日本の女は経済的にも心情的にもあまりにも男性依存度が高すぎるということだった。

娘を育てるについても、質実剛健、科学万般に強く、うなじをあげ胸を張って闊歩《かっぽ》する化粧気すらないドイツ女性が理想のイメージとしてあったらしい。

というわけで、東京の蒲田《かまた》にあったその名も帝国女子医学・薬学・理学専門学校の薬学部に入学した。現在の東邦大学薬学部に当《あた》る。当時は推薦入学制度というのがあって、女学校の成績と家庭環境が良ければ、無試験で何パーセントかは採るという、のんびりしたところがあった。担任の先生が推薦状に名文を草して下さったらしいお蔭《かげ》で、女学校卒業前に決定した。そして私ときたら白衣を着て実験などすることに憧《あこが》れているばかりだった。

昭和十八〔一九四三〕年、戦況のはなはだかんばしからぬことになった年に入学して、間もなく戦死した山本五十六《やまもといそろく》元帥の国葬に列している。その頃から誰の目にも雲行《くもゆき》怪しくなってきて、学生寮の食事も日に日に乏しく、食べざかりの私たちはどうしようもなくお腹《なか》が空《す》いて、あそこの大衆食堂が今日は開いていると聞くと誘いあわせて走り、延々の列に並び京浜《けいひん》工業地帯の工員たちと先を争って食べた。「娘十八番茶も出花」という頃、われひとともに娘にあるまじきあられもなさだった。食べものに関する浅ましさもさまざま経験したが、今、改めて書く元気もない。

それでも入学して一年半くらいは勉強出来て、ドイツ語など一心にやったが、化学そのものはちんぷんかんぷんで、無機化学、有機化学など私の頭はてんで受けつけられない構造になっていることがわかって、「しまった！」と臍《ほぞ》かむ思いだった。教室に坐《すわ》ってはいても、私の魂はそこに居《お》らず、さまよい出《い》でて外のことを考えているのだった。全国から集った同級生には優秀な人が多く、戦時中とは言っても高度な女学校教育を受けていた人達もいて、落差が烈《はげ》しく、ついてゆけないというのは辛《つら》いことで、私は次第に今でいう〈落ちこぼれ〉的心情に陥っていった。

空襲も日に夜をついでというふうに烈しくなり、娘らしい気持を満《みた》してくれる娯《たの》しみも色彩もまわりには何一つなく、そういう時代的な暗さと、自分自身に対する絶望から私は時々死を憶《おも》った。どうしなくても簡単に死んでしまうかもしれない状況の中で、私の憶ったのは自殺だった。暗い大海原のまっただなかでたった一人もがき苦しむようなのが、どんな時代でも青春の本質なのではないか？　と思うことがある。それほどに自分を摑《つか》まえ捉えるというのは難しく苦しい作業だ。

でもそれさえが贅沢《ぜいたく》な悩みであっただろうことは、女学校時代の友人が女子挺身隊《ていしんたい》として徴用され、愛知県豊川《とよかわ》の工場で爆撃死したこと、学徒出陣も始まっており、文科系の学生は否《いや》も応もなく戦地へ狩り出されていた、ということである。

昭和二十〔一九四五〕年、春の空襲で、学生寮、附属病院、それと学校の一部が焼失し、毛布を切って自分で作ったリュックサックに身のまわりのものをつめて、ほうほうのていで辿《たど》りついた郷里は、東海大地震で幅一メートルくらいの亀裂が地面を稲妻型に走っており怖《おそろ》しい光景だった。激震で人も大勢死んだが、戦時中のことで何一つ報道されてはいなかった。

医師も軍医として召集され、無医村になったところがあちこちに出来、父は吉良《きら》町《ちょう》の町議会から懇望されて、既にその町で開業していたが、まるで野戦病院の観を呈していた。繃帯《ほうたい》、ガーゼの類もなくなり、オシメ、古浴衣《ふるゆかた》の袖ありとあらゆるボロ布を消毒して傷口に当てていた。治療してもらう患者は、ボロ布持参であり、家では一日中、煉炭《れんたん》でグツグツ消毒煮であった。

なにもかもが、しっちゃかめっちゃかの中、学校から動員令がきた。東京、世田谷《せたがや》区にあった海軍療品廠《しょう》という、海軍のための薬品製造工場への動員だった。「こういう非常時だ、お互い、どこで死んでも仕方がないと思え」という父の言に送られて、夜行で発《た》つべく郷里の駅頭に立ったとき、天空輝くばかりの星空で、とりわけ蠍座《さそりざ》がぎらぎらと見事だった。当時私の唯一の楽しみは星をみることで、それだけが残されたたった一つの美しいものだった。だからリュックの中にも星座早見表だけは入れることを忘れなかった。

東京の疲労は一段と深くなっていて、大半は疎開したのだろう、残っている人達は、蒼黒《あおぐろ》く、或《ある》いは黄ばんだ顔で、のろのろと動いていた。輸送機能も麻痺《まひ》したらしく、布団を送った学生の集結地から世田谷区上馬《かみうま》の動員先まで一人一人が布団をかついでいけということになった。重くかさばる布団袋を地面をひきずり、国電にひきずりこみ、やっとの思いで運んだ。現在国立第二病院になっているところで、自由《じゆう》が丘《おか》のあたりを通るとき、そのときの蟻《あり》のようだった私たちの姿が幻覚されることがある。

七月初から八月十五日迄《まで》、短い期間だったが暑いまっさかり、ろくにお風呂にも入れず、薬瓶のつめかえ、倉庫の在庫品調べ、防空壕《ぼうくうごう》掘りなど真黒になって働き、原爆投下のことも何も知らなかった。八月十三日の夜、宿舎で出た魚が腐敗したものだったらしく、そこに配属されていた学生十人ばかりが全員吐いたり下したりで苦しんだ。

八月十五日はふうふうして出たが、からだがまいって、重大放送と言われてもピンとこなかった。大きな工場で働いていた全員が集まり、前列から号泣が湧きあがったが、何一つ聴きとれずポカンとしていた。自分たちの詰所に戻ってから、同級生の一人が「もっともっと戦えばいいのに！」と呟《つぶや》くと、直接の上司だった海軍軍曹が顔面神経痛をきわだたせ、「ばかもの！　何を言うか！　天皇陛下の御命令だ！」それから確信を持って、きっぱりとこう言ったのだ。「いまに見てろ！　十年もたったら元通りになる！」

＊

戦後、あわただしく日本が一八〇度転回を試みようとしたとき、私個人もまた、一八〇度転換を遂げたかった。つまり化学の世界から文学の世界へ——変《かわ》りたかったたのである。

敗戦後、さまざまな価値がでんぐりかえって、そこから派生する現象をみるにつけ、私の内部には、表現を求めてやまないものがあった。

学校の再開もおぼつかなかったし、家の仕事を手伝いながら、いろいろ思いめぐらしているところへ秋頃、突然学校から文書が届き、「試験をやるにつき出てくるように。この試験を受けたものは、ともかく四年生に進級させる」というようなことが書かれていた。試験をするも何も、授業も勉強もしておらず、そんな具合でただただ四年生になるのかと渋ったが、父は「行ってこい」の一点張りで、「薬学への道を決めたのは私だが、お前もそれを肯《うべな》い志を立てた以上、途中放棄はいけない。ともかく薬剤師の免許を取れ。それさえも出来ないようなら、これからやりたいという文学の道だって貫くことは出来なかろう」と理路整然と説かれ、それもそうかと説得されてしまい上京した。

焼けた学生寮に代《かわ》り、今度は大森の、かつての軍需工場の寮が宿舎になった。東京の荒廃はすさまじく、防空壕を仮ずまいとし虫のように出たり入ったりする人々の営みが、あちらにもこちらにも点々と連なっていた。銀座《ぎんざ》も瓦礫《がれき》の山で、場所によっては一望千里の趣があった。アメリカ兵、復員兵が溢《あふ》れ、闇市に食を求める人々が犇《ひし》めき、有楽町《ゆうらくちょう》、新橋《しんばし》駅のガード下あたり毒茸のようにけばけばしいパンパンが足をぼりぼり掻《か》きながら群れていた。

同級生の中には進駐軍を恐れ、娘の操《みさお》を守るべく、はやばやと丸坊主になってしまった人もいて、しばらくの間頭巾をかぶって登校していた。

その頃「ああ、私はいま、はたちなのね」と、しみじみ自分の年齢を意識したことがある。眼が黒々と光を放ち、青葉の照りかえしのせいか鏡の中の顔が、わりあいきれいに見えたことがあって……。けれどその若さは誰からも一顧だに与えられず、みんな生きるか飢死《うえじに》するかの土壇場で、自分のことにせい一杯なのだった。十年も経てから「わたしが一番きれいだったとき」という詩を書いたのも、その時の残念さが残ったのかもしれない。

個人的な詩として書いたのに、思いもよらず同世代の女性たちから共感を寄せられ、よく代弁してもらったと言われるとき、似たような気持で当時を過《す》ごした人達が沢山《たくさん》居たことを今になって思う。

モンペを脱ぎすて、足を出して、眩《まぶ》しいような思いで、誰の足はすてき、私のは大根だ、牛蒡《ごぼう》だなどと、今更ながら足のあったことに気づいて評定しあったりもした。最低の暮《くら》しと荒廃のなか、わけのわからない活力もまた漲《みなぎ》りあふれていた時代だった。

いち早く復興したものの中に新劇活動があり、焼け残った有楽座や帝劇で「人形の家」や「真夏の夜の夢」が上演されて、この世にこんなすばらしいものがあったのか？　と全身を打ちのめされるような感激で観たのである。暖房もない劇場で観客はオーバー、衿巻《えりまき》をしたままで、休憩時間になるといっせいにアルミの弁当箱をガチャガチャと開き、蒸しパンやら得体のしれないものを取り出してほおばる。舞台と現実の落差はあまりにも大きかったけれど、精神的飢餓状態をとり返そうとする動きはあらゆる面で烈しく、三好達治《みよしたつじ》の詩集一冊が売りに出されると、出版社のまわりを人が延々の列でとりまいたというのも、この頃だったろうか。

忘れもしない昭和二十一〔一九四六〕年の夏、帝劇で「真夏の夜の夢」を観たとき、劇場前に大きな看板が立てられて、それは読売新聞主催の第一回「戯曲」募集の広告だった。私はこれに応募してみようと思った。それというのも私に文学の才能があるかどうか、父に実証してみせる必要があったのである。

薬学は投げみたいな状態、そして今度は文学、わけても芝居などと言い出す娘に、親が心配したのも無理なく、しかし一喝するという態度ではなくて「才能が少しでもあればの話だが」ということになっていた。

卒業試験が近づいて、同室の四人が試験勉強に没頭している時、私は同じように机に向いながら孜孜《しし》として生れて初めての戯曲なるものを書きついでいった。テーマは愛知県に伝わった三河木綿《もめん》発祥の民話が核になった。自分の意志より以前に次々に言葉が溢れ出る不思議を初めて味わって呆然《ぼうぜん》としていた。

数百篇集まった戯曲の中で、選外佳作に選ばれ、読売新聞に発表されたときは飛びあがるほど嬉《うれ》しかった。化学では落ちこぼれであったけれど、別に私を生かせる道があったという暗夜に灯をみつけたような嬉しさだった。多額の賞金（金額は忘れてしまったが）と、土方与志《ひじかたよし》、青山杉作《あおやますぎさく》、千田是也《せんだこれや》氏のサイン入りの賞状を貰《もら》い、私が最年少だったそうで読売新聞の偉い人が大いに励まして下さった。

殆《ほとん》ど同時に受けとった薬学部の卒業証書（これは落第すれすれの線で）と二つを持って昭和二十一年の秋、郷里に帰った。どさくさの中の繰りあげ卒業で、正味三年半だった。

翌年薬剤師の免許証も届いたが、二、三年後には国家試験制度が出来、そうなったら、とても私はパス出来なかったろう。ポツダム将校というのがあったが、私もポツダム薬剤師と思い、以後免状があるというだけでこの世界から別れた。

父もいささか驚いたらしく、行末《ゆくすえ》どうなるやらと案じつつも、以後黙認という形になった。それが契機となって、新劇女優の山本安英《やまもとやすえ》さんから一度会いたいというお手紙を頂き、まだ「夕鶴」が生まれる前の山本さんにお目にかかり、それからずっとおつきあいが続いているが「女の生きかた」の一番大切なところを、私は山本さんから学び吸収しようとしてきたような気がする。

沢山の芝居を観、戯曲を読むうち、台詞《せりふ》の言葉がなぜか物足らないものに思えてきた。生意気にもそれは台詞の中の〈詩〉の欠如に思われはじめてきたのである。詩を本格的に勉強してみよう、それからだなどと詩関係の本を漁《あさ》るうち、金子光晴《かねこみつはる》氏の詩に出逢《であ》った。これは戦前、戦中、戦後をいっぺんに探照燈《たんしょうとう》のように照らし出してる強烈なポエジイで、眩惑《げんわく》を覚えるほどだった。このように生きた日本人もいたのかという驚き。

言葉の練習のつもりでみずからも詩を書き始めたのだが、ミイラ取りがミイラのようになって戯曲のほうの志は得ないまま、詩を書きついでアッというまに三十三年の月日は流れ去った。今思うと敗戦迄の八年間と、敗戦後の三十三年間は等価の時間のようにさえ思われてくる。それほど戦後の時の流れは迅《はや》かった。

もう一度やり直して見落としてきたもの、気づかずにきたものを組織し直したい気持になることもあるのだが、それというのも私が苦労知らずで来てしまっているからなのだろう。地獄のような戦後をくぐり抜けた人なら、もう一度やり直したいなどとは思わない筈《はず》である。手記として語るに足るほどのものは何もないといっていい程、平凡にすんなりきてしまった。こんなことを書きつらねていいのだろうかという思いが、しばしばペンを中断させている。

昭和二十四〔一九四九〕年に結婚しているが、夫は勤務医で、彼もまた医学の新しい在りかたを求めて意欲的だった。米も煙草《たばこ》もまだ配給で、うどんばかりの夕食を取りながら、エドガー・スノウの『中国の赤い星』を一緒に読みあったのはなつかしい思い出である。二十五年間を共にして、彼が癌《がん》で先年逝ったとき、戦後を共有した一番親しい同志を失った感が痛切にきて虎のように泣いた。

女房が物書きの道を進むというのは、夫としてはどう考えてもあまりかんばしいことではない筈なのだが、夫は一度もそれを卑《いやし》めたり抑圧したりすることがなく、むしろのびのびと育てようとしてくれた。父、夫、先輩、友人達、私の身辺に居た男性たちが、かなり優秀で、こちらの持っていた僅かばかりの芽を伸ばそうとばかりしてくれた。そのために男性への憎悪をバネに自分をかちとるとか、仕事をするということがなかった。

それで何かにつけ男性対女性という敵対関係では捉えられず、女の問題は男の問題であり、男の問題は女の問題であるという、いわば表裏関係が私の頭の中には形づくられているようなのだ。

たとえば戦争責任は女には一切関係ないとは到底思えず、日本が今尚ダメ国ならばその半分の責任は女にあるというふうに。

今まであまりにもすんなりと来てしまった人生の罰か、現在たった一人になってしまって、「知命」と言われる年になって経済的にも心情的にも「女の自立」を試される羽目に立ち至っているのは、なんともいろいろと「おくて」なことなのであった。

そして皮肉にも、戦後あれほど論議されながら一向に腑《ふ》に落ちなかった〈自由〉の意味が、やっと今、からだで解《わか》るようになった。なんということはない「寂寥《せきりょう》だけが道づれ」の日々が自由ということだった。

この自由をなんとか使いこなしてゆきたいと思っている。

いばらぎ・のりこ（一九二六〜二〇〇六）
大阪府生まれ。詩人。詩集に『自分の感受性くらい』『おんなのことば』『倚りかからず』ほか。終戦の年には数えで二十歳。「わたしが一番きれいだったとき／わたしの国は戦争で負けた／そんな馬鹿なことってあるものか」（「わたしが一番きれいだったとき」より）

人間が懐しい

石牟礼道子

汽車は、徐々に逃亡者たちや避難民を乗せてくる様相を呈しはじめていた。蜜柑山《みかんやま》と甘藷《かんしょ》のだんだん畠《ばたけ》だけが海に面してぺらっとついている南九州の小さな駅。終戦の実感は、その駅を毎日九十分だの、百四十分だのと延着しながら通る汽車の中の乗客たちの姿によって具体的にもたらされるようだった。

野良着《のらぎ》ではない、旅行モンペの女たちや、復員兵士たちの大きなリュックが、鹿児島本線の上りにも下りにも見られるようになった。そのような乗客たちをかきわけて汽車に乗り、水俣《みなまた》から四つ目の、葦北《あしきた》郡田浦《たのうら》という村の小学校へ通勤していた。小学校の代用教員も、人間もやめてしまいたいとおもい続けていた。

戦争のあいだ中、わたしは、なり損ないのような代用教員だった。そういうものになってしまったのは十六歳だったから、ゆく先まっくらな予感のする自分の人生を、これから考えねばならぬというのに、目の前にいる生徒たちのどのひとりを考えても、その子たちが明らかに背負っている不幸に対して、まったく息を呑《の》んで、目をあけている以外はなかった。その頃もいまも、地に満ちている不幸の要因に目をつぶって、生きてゆける方法なぞありはしないのだけれど。

父親が戦死する子どもたちがどんどんふえてゆく。必ず子ども達の目つきが変《かわ》ってくる。荒《すさ》んでくる。子どもたちの食べる弁当などありはしない。服も靴も、学校に配給がくるのだが、九十人くらいの級に、三カ月に一足来るくらいのわりあいである。終戦前後は、子どもたちは、はだしで教室を出入りするようになった。

帰国しそこなって、村のちいさな軍需工場の空地に押しこめられるようにして、朝鮮の人たちが暮《くら》していた。その気配は、暮し、などという平安な言葉ではいいあらわせないような、せっぱつまった雰囲気にみちていた。

そのような部落に「家庭訪問」にゆくと、朝鮮の母親や祖母たちは、いつも、黄色いザラメ砂糖を湯呑みにいっぱい入れ、お茶を注いですすめてくれるのである。

砂糖茶の入れ方は、わたしの田舎のやり方でもあったけれど、圧倒的に量がちがった。生徒の母親たちは、多分、生活の方法に密造酒などを売って歩いていたから、わたしどもの田舎風にやっているのか、それが朝鮮風のお茶の入れ方なのかよくわからなかった。

すぐにそのまま大八車に積んで、よそへ移れそうなトタンの小屋にひとびとは住み、民族服のおじいさんが、地面にかがみこんだまま、孫の受け持ちの、「子どものような女先生」にあいさつを呉《く》れたりした。

年とったひとたちの言葉はききとれない言葉だったので、表情だけで通訳してくれる子どもたちに、わたしは屈折したはずかしさを感じた。子どもたちが日本の田舎の言葉をしゃべり、じつに上手な作文を読ませてくれるのに、わたしの方は、ひとことも朝鮮の言葉をしゃべれなかったから。

そのころからまた、まわりの村に、沖縄からの疎開児童の集団が、父兄とともにやってきた。そのひとびとはお寺やお宮を借りていて、大人も児童も、いつも首をうつむけ、お堂の片隅でいんぎんにおじぎを返しながら、甘藷のつるをむいてばかりいたのを思い出す。

　めったにものをいわぬ、沖縄のひとびとのうるんでいるまなざしは、あきらかに内地の人間とは異なる瞳のいろの光を、自分の内側へ内側へと沈ませていて、うつむいてばかりいるようなうなじが、𦾔《ろう》たけて気高いのをわたしは感じていた。兄が沖縄で戦死をした直後でもあったので、わたしはそのような人たちと言葉を交わすことができなかった。

　食糧が逼迫《ひっぱく》して来ていて、甘藷の葉やつるをむいているわたしたちのそばを、南瓜《かぼちゃ》がなくなったとか、とうもろこしを盗んだものがいるとか、きこえよがしに云いきかせて誰かれが通ってゆくのであった。

　そのような頃、汽車の中で、ひとりの年齢不詳の少女を拾った。拾った、というのは、彼女を背負ったとき、こちらの体がひょいと浮きあがるほどに、彼女が軽くて、まるで木の根かなんぞを、背負った気がしたからであった。

　骨の上に首があって、その顔もやっぱり骨の上に、うすい皮膚がいちまいかぶさっているようなみかけをしていた。乗客たちはこわがって、骸骨のような歯並びの彼女を背負って歩き出すと、空洞がひらいたように道をあけた。

彼女の出身は加古川《かこがわ》で、名前はタデ子で、戦災浮浪児らしいほかは、一切わからなかった。

多分なにかの要因で頭がおかしくなり、かなりの永い間、人為的な飢餓状態におかれたにちがいなかった。医者にかけたり、行きだおれ人引きとりの手つづきをしてもらったりしている間に、いくらか体力が出てくると、彼女は這《は》いつくばいながら、わが家の食糧探しをしはじめたのである。

まともな食糧といえば、ダシジャコや炒《い》り大豆ぐらいが、竹の籠《かご》に入れて吊ってあるくらいだったから、彼女は家人の留守に、柱につかまり立ちをしてそれを食べ、折角《せっかく》、スープや重湯《おもゆ》からの食養生を母がさせているのに、たちまち下痢腹にもどったりした。

煮沸してやっても煮沸してやっても、彼女の体になぜか虱《しらみ》が湧き続け、彼女の体力に応じて、虱どもも、ふとったりやせたりする、と母が云った。

よろよろと、れんげ畑の中を走ったりすることができるようになると、加古川とやらに帰りたがった。

復員兵たちに、そのあたりに帰るひとびとがいたので、後々をたのみ、縞《しま》のめいせんの単衣をこわしてモンペに仕立て、自分は行ったことのない加古川へ彼女を帰した。着いたしるしに、ポストに入れるよう、こちら宛《あて》のハガキを兵士たちにたのんで。

ハガキはたぶん加古川駅からとどいたが、のちのことは一切わからない。

ひととわたしとの関係は、思えば一切、タデ子との関係に似て、それ以上を出ないまま今に至っている。出遭いよりも、別れの方をおもって今日を生きるようになった。

深く深くかかわりたいとねがうけれど、互いにかかわりちがえて、わかれてしまうのではあるまいか。こちらが死ぬ日がくれば、それもおしまいになるのである。

それでも、生あるものたちや、人間が懐《なつか》しいから、在るがままに視《み》ているよりしかたない。

いしむれ・みちこ（一九二七〜二〇一八）
熊本県生まれ。作家、詩人。著書に『苦海浄土』『西南役伝説』『十六夜橋』（紫式部文学賞）『はにかみの国』（芸術選奨文部科学大臣賞）ほか。水俣実務学校を卒業後、一九四三年から四六年春まで小学校の代用教員として勤務した。

親へ詫びる

森崎和江

母が三十代のなかばで逝《い》ったとき、父が「愛子さんとはたった十六年いっしょにいただけだった……」

とつぶやいた。

私は十五歳になっていて、ひそかに驚嘆した。十六年も！　と。それは気が遠くなるような時間に思われた。たいへんなことだなあ、と思った。その時間が、子の私も共有の時間であり、そんなにながいこと養育してもらっていたのだなど、まるで気づかず、父の悲しみのかたわらにいながら、心は行方《ゆくえ》も不確かなまま飛び立っていた。

母の死は私を無口にしていたが、ひたすら飛んでいくより仕方がないというような、そんな感じで、本を漁《あさ》りつづけた。戦争がひどくなっていた。

その三年まえに母は九州大学で胃がんの手術を受けていた。夏の終わりに手術をして、秋風のさわやかなころ、女学生のように若くなって、にこにこしながら、当時は植民地だった朝鮮の、私たちが待っている家に戻ってきた。私は土曜ごとに下宿先から家に帰って母に会った。女学校の一年生だった。

その下宿へ、元気になった母が来たことがある。何かの用でこの町までやって来て、娘をたずねてみたかったのだろう。私は母を自分の部屋へ案内することなく、座敷で話した。一人前のつもりだったので、母を自室へいれるのがためらわれた。母は苔《こけ》が美しい庭へ降りると、紅葉の下にしゃがんで、離れのほうへ目をやった。離れは二部屋あって、女学生が四人下宿していた。三月だった。三人とも上級生で、私はやがて二年生になる。

なぜおかあちゃんを部屋へ案内しなかったろう、と、母がいなくなって、幾度も自分を責めた。入学したあと、下宿にとどいた小包には、手縫いの肩ぶとんと赤いぶどう酒が入っていたのを思い出しては、おかあちゃんごめんね、と詫《わ》びた。詫びてどうにもならないのに、いつまでも詫びる。今も。

小娘が一人前になるというのは、親離れや、体と心とのアンバランスの調整や、手のとどかぬ夢や、何や彼《か》やがごちゃまぜになって背伸びをしている状態を通りすごして、ようやく息をつくようなものである。

私はそのとき、母と呼吸をあわせることなど、とてもできなかったのだ。母も、そして父も、そんな子どもの状態がよくわかっているようで、知らぬ顔をしていた。そして二人して、さっさと二人だけを楽しんでいた。

母は、「三年間再発しなければ大丈夫だって」といって、父としばしばラケットを振っては、テニスのまねごとをした。また、日曜の朝など、早くから二人はいなかった。しばらくして、さまざまな野の草や灌木《かんぼく》の枝をかかえて戻ってくる。母はいきいきしていた。二人とも足元が朝露でぬれていた。

採集した山盛りの草々を、花ゴザの上にひろげて、母が水盤や、銅の花器へ活《い》けた。父が、「あの枝のほうがいいんじゃないか」などというのを、私はいささかふくれっつらで、こっちのほうから見ていた。

「ああ、いい朝！」

十分に活けて、満ち足りて、愛子さんがそう言う。彼女は二十歳のとき、十歳年長の父と結婚、翌年私を産んだのだった。私の下に、妹と弟がいた。子らに手がかからなくなって、活花《いけばな》を教えていた。

「愛子の花はいいよ」

父が賞《ほ》めた。

いくばくもなく再発。それでもおっとりと寝ているので、いなくなるなど想像もできない。作文の時間に短歌を作らせられて、病む母という連作をし、先生が黒板に幾首かを書いて、母親を想《おも》う気持ちが実によくでている、といってくださった。それでも、ほんとうに母を想っているのか、自分を想っているのか、ちっともわからない。

「おまえはおまえの道をまっすぐに生きなさい。何かあれば、すぐに連絡する」

父がそういった。父はまた、

「女もいい仕事をしなければだめだよ」

と私に何かの折に話した。

いい仕事とは何か、イメージが湧かなかった。ぼんやりしていたのだろう。

「与謝野晶子《よさのあきこ》は七人の子を育てながら、あの詩や短歌を残したんだよ」

そういって、「妻をめとらば才長《た》けて、見目うるわしく情けある……」と、たのしそうにうたった。母が、

「わたしは才もないしね……」

そばで茶化した。


その寝ている母を抱いて、父は縁側の椅子に掛けさせ、二人してたあいない話をする。

この二人を見ていて、どうして母がいなくなるのだと思えよう。今も私は理解がとどかない。二人の愛の奥底に。

「戦争がひどくなる前に死ななきゃね」

そういって、母はにっこりする。

父は私へ、自分の身辺にも憲兵の目がそそがれていることをひそかに話し、長女と

しての覚悟をうながし、一方で、まるで何もないかのように母を抱いて入浴させた。

軽くなった母がしあわせそうに笑う。

二人はそんなふうにして別れた。

私が結婚をし、みごもっているとき父は逝った。

「人は生まれてくるのに十か月もかかったんだ、死ぬのにもそのくらい必要だ」

私にそう話す。私はしっかりうなずいた。

それでも、そう話してくれた親の心がはっきりわかったとはいいきれない。

今になっても、父へ詫びる。こんなふうな生きようでゆるしてください、と。

母は、がんのことを知っていた。

二人は子らへ、死をおそれるなと、伝えようとしたのかも知れぬ。力のかぎり生きよ、と。

もりさき・かずえ（一九二七～）
朝鮮・大邱生まれ。詩人、ノンフィクション作家。著書に『さわやかな欠如』『からゆきさん』ほか。十七歳で福岡県立女子専門学校（現福岡女子大学）に入学するまで、日本統治下の朝鮮で過ごす。勤労動員中に結核に感染、戦後の三年間は療養所生活を送った。

戦争／敗戦の夜

馬場あき子

戦争

太平洋戦争がはじまったのは十三歳の年だった。早生まれだったから、今で言えば中学二年の十二月である。ちょうど二学期の期末考査の最中で、数学のテストの日の朝だった。私はこの課目がまるで苦手だったので、前の晩は友人の家に行って教えてもらい、帰ってから机に向《むか》って、その夜は徹夜したので新聞などは見るゆとりもなく学校へ出た。

その頃は十二月といえば霜がきびしく、徹夜の貧血ぎみの体調には殊《こと》にも寒さが身にこたえる朝だった。数学の問題は相変《あいかわ》らずチンプンカンプンのものばかりで、小さな問題の幾つかを拾ってやっと点数をかせぐくらいの出来であったが、テストの途中で臨時の校内放送が入り、テストはそのままにして緊急に校庭に集まるようにとの事だった。

少しく予感していた生徒もいたようだが、私などは五里霧中《ごりむちゅう》で、一体何ごとが起こったのかという不安と、好奇心と、何より劣悪な成績が幾分ゆるされるのではないかという期待をないまぜた思いで校庭に急いだ。

学校の経営者であり、実質的な指導者だったのは人見東明《ひとみとうめい》という明治の自然主義の詩人で、こよなく女性文化への理想を美しく描いていた人だったから、アメリカと戦争がはじまったという興奮をかくしきれず、頬《ほお》をまっかに紅潮させながら、重大の時が来てしまったことを、まるで悲痛な檄《げき》のような調子で語った。

小学校の四年の時以来、戦争には馴《な》れっ子になっていたが、相手がアメリカであるのにはさすがに驚いた。試験用紙はそのまま集められたので、大問題を解きかけだった人と、小問題をやっと拾い終《お》わった私との差はあまりなく、私などは落第点をまぬかれ、大いに助かったという一面をもっていたので、この日のことは今も鮮明に記憶に残っている。

私はテストがあっけなく終ってしまったあと、友人と二人で教材室に何かを片づけに立寄《たちよ》った。そして、床上に埃《ほこり》をかむっていた大きな地球儀を見つけた。二人はどちらからともなく地球儀に近より、だまってゆっくりとそれを廻《まわ》して、アジア大陸の小さな縁飾《ふちかざ》りの一つでしかないような朱色の日本をながめ、ふと「だいじょうぶなのだろうか」という不安にとらえられた。そして、だまって大きな地球儀を廻し、海の彼方《かなた》に広がる巨大なアメリカ大陸を眺め、しばらく眺めて教材室を出た。誰にでもわかる対比の恐ろしさだったが、それは言ってはならないことであるのもよく知っていた。それが神国の少国民のあるべき姿で、だまって誠心誠意、国の方針に従って励むことだけが許されている道だったから。

それから何日かのち、真珠湾《しんじゅわん》に散った九人の軍神たちの写真が新聞の一面を飾った。私たちの兄の年齢に当《あた》るような人々だった。それをみつめながら、暗い未来が広がっているような気分になった。私は理科の時間に、担当の老教師が、ふいに、ぽつりと言った言葉を思い出していた。「私の子供は二人とも戦争で死にました。それで先日は靖国《やすくに》神社に遺族として招かれてお参りしてきたんです」と。私たち少女はこの老教師を何かにつけて侮《あなど》っていたのだったが、この言葉は少女たちの心をいたく刺戟《しげき》した。「あの先生にはもう子供がいないのだ」ということが、深い同情と感傷を誘ったからである。

しかし、太平洋戦争がはじまってからは、もう、そうした感傷的な物思いをさせる時間は残されてはいなかった。アメリカの陸軍機が東京を初空襲したのはそれから数ヵ月しかたたぬ翌年の四月のことであった。

敗戦の夜

ふしぎなもので敗戦の八月十五日のことは年とともにいろいろと思い出すことが多い。記憶ともいえないような些細《ささい》な事柄の中に、いま反芻《はんすう》して深い感慨が湧くこともある。

あの日、十七歳という若い労働力をもった私が家にぶらぶらしていたのは考えられないことだが、それは自宅待機という夏休みのためだった。四月十三日の空襲で家は全焼し、焼け残った家に入居させてもらって焼土を耕して生きていた。女学校を終るとともに、疎開をかねた挺身隊《ていしんたい》になって富山県へ行かないかという話もあったが、それがいやさに進学コースを選び、専門学校に入ったものの、校舎はすでに丸焼けで、附近のお寺を借りてガリ版刷りの万葉集の講義をうけていた。

自宅待機というのは、卒業によっていったん組織を解かれた学生をすでに戦力として再編成する手だてでも工夫もなく、学校は学校で、学生を空襲から守りきれないおそれをもって、最善策の自宅待機の方法をとっていたのだろう。学徒挺身隊で昼夜三交替制のもとに旋盤をまわしつづけて一年程の後に、ふいにぽっかりと休息の日々が来、家が焼け、もっぱら農耕生活になじんでいたのである。

カボチャやサツマイモの生育のよい年だった。一点の雲もない盛夏の天の力にみちた空の色だけは、いやおうなく記憶にある。隣との垣根は取り払われ、どこの家も二世帯くらいの共同生活だったから、何となくわが家の縁がわに人は集まってきて、あの雑音の多い重大放送をきいた。耳なれぬ独特のイントネーションのひびきだけが印象的で、天皇の言葉とは異様なものだと思った。

放送が終ると、父が「戦争は終ったらしい」と呟《つぶや》いた。集まっていた近所の主婦たちは「へーエ」と疑い深げに複雑な表情をして父の顔をみつめた。私も近く本土決戦があると聞かされていたので、「へんだなあ」と思ったが、放送の語気にはそうした激しさがなかったので、「そうかな」とも思い、皆もそれ以上言ってはいけないことのように、あわててそれぞれの家に引き上げていった。

それっきり物音もなく人も歩かず、静かな静かな、悠々たる午後の時間が流れた。太陽の脂《あぶら》をたっぷりと吸ったような濃い夏空が、しだいに澄んだ夕空となり、夕やみがゆっくりと深まっていった。常食になっていたすいとん粥《がゆ》の夜食をすませ、私は自分の部屋に電灯を点《つ》けようとして、ふと「戦争が終ったなら覆いを取ってもいいのだろうか」と思って窓外をみると、すでに灯覆いを取った明るい窓が二、三あった。私はパッと心に灯が点いたような嬉《うれ》しさで、一気に電灯の黒い覆いを除いた。わずか六十燭光《しょっこう》の明りが目の眩《くら》むほどに明るく、かつて見たこともないように我が身がかがやくのに心もときめく思いでいると、近隣のどこかの窓から遠慮がちに爪弾《つまび》くギターの音がきこえてきた。

音楽だ――、私の心の中にその音はこの上なく甘やかな思いを誘った。「すばらしい。戦争は終ったのだ」そう思った時、突如、もう少し間近な闇から「やめろ――、日本は敗《ま》けたんだぞ。敗けたことをどう考えているんだ」と悲鳴のような怒声が湧いた。ギターの音はプツンと切れ、私はあわてて灯を消した。あとはまた音もない一面の闇になった。

いまも、時々あの夜のことを思う。小さな存在の、零細な一庶民の敗戦の夜の哀歓と、圧倒的な憤怒のことを――。すると、あれからまだずうっと、何かがつづいているような、そんな気持になるのである。

ばば・あきこ（一九二八〜）
東京生まれ。歌人。歌集に『桜花伝承』（現代短歌女流賞）『阿古父』（読売文学賞）『世紀』（現代短歌大賞）ほか。一九四四年春から中島飛行機武蔵製作所へ勤労動員。翌年四月、日本女子高等学院（現昭和女子大学）へ進学。すでに校舎も自宅も焼失していた。

「田辺写真館」焼失　母は強し

田辺聖子

戦争のあいだ、私の生家、大阪市福島区《ふくしま》の「田辺写真館」は大忙しだった。

昭和十二〔一九三七〕年、私が小学校四年のときに日支事変が始まると、町内のおじさんや、お兄さんたちが、召集令状で兵隊に引っ張られるようになった。町内で壮行会があり、天神さまで、神主さんに武運長久《ちょうきゅう》の祝詞をあげていただく。お兄さんたちは小台に乗って挨拶し、私たちは日の丸や軍艦旗を振って「万歳！」と三唱したが、その列の後ろでは、お母さんたちがそっと泣いているのが常だった。

人びとはみな別れ別れになる前に、写真館で記念の一枚を写す。出征する人は、もし戦死したら喪章のリボンをかけて、お葬式をしてもらうために。田舎に疎開する人も、一家全員そろうのは最後かもしれないから。

戦争中は、写真はだいじな娯楽でもあった。たまの映画も、いつ空襲警報が鳴るかと思うとゆっくり観《み》られないし、ラジオ番組も、みな時局漫才で昔のように面白くない。そんなご時世では、写真を撮って送りあったりするのは、ずいぶん慰めになる。大事な写真は、腰から下げる小さな救急袋のなかに、包帯やメンソレや、ちびた石鹼《せっけん》と一緒にしまった。いつどこで離れ離れになって、防空壕《ぼうくうごう》で野宿することになるか、わからないから。

そんなわけで「田辺写真館」では、祖父と二代目の父、そして叔父たちと若い技師のお兄さんらが、忙しく働いていた。

四十代になっていた父はともかく、なぜか上の叔父は、壮健だったのに召集令状が来なかった。祖母や母たちは「きっと帳面の綴《と》じたとこに名前があって、よう見えへんかったんでっしゃろ。まあ良かったこと」と笑いあったものである。

でも戦況が逼迫《ひっぱく》するにつれ、食べ物がなくなってきたのは、切なかった。裏通りに来るチョボ焼《やき》の屋台で、小指の爪くらいのタコの歯ごたえを楽しんだものだけど、すっかり見かけなくなってしまった。

私は女学校を四年で繰り上げ卒業して、樟蔭《しょういん》女子専門学校〔現大阪樟蔭女子大学〕にすすんだ。国語の先生になろうと思ったけれど、内心では、吉屋信子《よしやのぶこ》さんのような少女小説を書きたかった。空襲が始《はじま》っても、最初のころは女子学生は呑気《のんき》で、防空壕のなかで「あの小説では誰が好きィ？」なんて話し合ったものである。

昭和十九〔一九四四〕年ごろには、田辺写真館では、祖父はすでに亡くなり、祖母や、小さな子のいる叔母たちは疎開。叔父や技師のお兄さんたちも、出征したり、徴用に行ってしまった。

ずっと大家族だったのが、急に両親と私たち姉弟の暮らしになった。父は、ようやく自分の所帯になって、田辺写真館も自分で持てるというので、戦争中でも、なんだか嬉《うれ》しそうだった。ずっと姑《しゅうとめ》に仕えてきた母も、生き生きとしていた。母が威勢よく「なんちゅうアホな軍人ばっかりや。こんな負けるような戦争、せんといたらエエねん」と文句をいうと、父は「大きな声で言うたら聞こえるがな」と慌てていたけど。

だが、昭和二十〔一九四五〕年六月一日の大阪大空襲で、田辺写真館は、すっかり焼けた。父は「レンズさえあったら何とかなる」とカメラの首を持って逃げ、「またすぐ建て直す。それまでは出張撮影でもしたらええねん」と家族を励ましたが、心労で寝付いてしまった。往診に来た医者に「まだ子供らみんな学校行きですから、もうちょっと、生きててやりとうおまんねん」と父が話すのを片耳で聞きながら、私は必死で試験勉強をした。学校の先生になって、独立しなくては、と。

父はその年の暮れに亡くなった。まだ四十四歳。もともと芸術家肌で、優しいが、弱いところのある人ではあった。

母は「なにくそ」という気概のあるひとだったから、必死で働いてくれた。空襲でたまたま焼け残った人に、「田辺さん、こんなところに住んではりまんのか」と侘《わ》び住まいを笑われて、「今に見とれ」と奮《ふる》い立つ母であった。私も、給料の安い学校の先生ではなく、景気のいい商店の事務員の職につき、思いがけず商人の世界を覗《のぞ》き、少しはたくましくなった。

そののちに、吉屋信子さんとはだいぶ違うけれど、私がどうにか小説家になって、たくさんの本を出してもらえたのは、父に守られているからだと思っている。きっとあの世で神サンに、いろいろつけ届けしてくれたはず。聖子をよろしく頼みますって。

たなべ・せいこ（一九二八〜二〇一九）

大阪府生まれ。小説家。著書に「感傷旅行」（芥川賞）『道頓堀の雨に別れて以来なり』（泉鏡花文学賞ほか）など。一九四五年六月の大阪大空襲の日は、樟蔭女子専門学校に登校していた。鶴橋駅から先は鉄道が不通となり、福島区の自宅まで約八キロを歩いて帰宅。

めぐり来る八月

津村節子

友人の妹さんが、小学校の同級生たちと修学旅行をした、という話を聞いた。六十歳過ぎての修学旅行である。修学旅行だから、やはり伊勢神宮に詣でよう、とみなの意見が一致したそうだ。

旅をするなら日本各地に名所旧蹟《きゅうせき》景勝地があり、のんびり親交をあたためるなら、山にも海辺にもいい温泉がいくらでもある。しかし伊勢神宮へ行こうというのは、かなわなかった修学旅行への思いがみなの胸に尾を引いていたのだろう。

彼女らよりも上の年代の私たちは、小学校の修学旅行へは行ったが、女学校に入学した年に太平洋戦争が始まり、修学旅行どころではなかった。旅行と言えるのは、三年生の夏の赤城《あかぎ》登山で、目的は心身の鍛錬《たんれん》である。体操服にもんぺをはき、白い木綿の帽子に運動靴といういでたちであった。おやつは重曹でふくらませた苦みのあるドーナツやふかしパン、甘い物と言えば干しガキ、干しイモぐらいだった。

杖にすがって、あえぎながらただ歩き、ただ登る。周囲の景色を見たり、下界を見下ろしたりする余裕もなく、見えるのは先を行くクラスメートの体操服が汗で張り付いている背中だけで、思い出すのも苦しい登山だった。山小屋で友達と雑魚寝《ざこね》したのが唯一楽しい思い出だった。それでも山頂で写した写真は、日焼けした顔に白い歯をみせてみな笑っている。

まだその時には、戦争に負けるなどとは思ってもいなかった。私たちの生きる目標は、心身を鍛え、銃後の守りを固め、東洋平和のためのいくさに勝つことだけだった。私たちの世代は、物心ついてから満州事変、二・二六事件、五・一五事件と不穏な情勢の中で育ち、やがて日本は支那事変（日中戦争）、大東亜戦争（太平洋戦争）と、泥沼にはまりこんでいった。軍国主義の教育が、真っ白な頭の中にたたき込まれていて、反戦思想など芽生える隙《すき》もなかった。

イギリスはアヘン戦争をしかけて中国を侵略し、フランス、オランダも、アジアの各地を植民地にしている、列強の侵略からアジアを解放し、大東亜共栄圏を築く聖戦だ、と教え込まれていた。挙国一致の目標が示されていたから、苦しいことにも耐えることが出来た。

アッツ、サイパンの玉砕《ぎょくさい》が報じられても、これまでに負けたことのない神国日本は、神風が吹いて必ず勝つ、と大人たちは言っていた。神風が吹くはずはないが、戦局が逆転する何かが起きることを信じずにはいられなかったのだ。

昭和十九（一九四四）年五月十六日に、学校工場化実施要綱が通達された。東京都立第五高等女学校〔現都立富士高等学校〕では、その年の八月十五日から、五年生は中島《なかじま》飛行機工場へ、四年生は立川《たちかわ》飛行機工場と下丸子《しもまるこ》の北辰《ほくしん》電機へ動員された。

下丸子は軍需工場が集中している地帯なので米軍機が飛来し、空襲警報が発令される度に、作業台の下に身を伏した。大勢の勤労動員で、全員を収容する防空壕《ぼうくうごう》はなかった。女子の深夜作業はなかったが、勤務時間は八時から六時までで、休日は一月に一度の電休日だけだった。

昼食は、アルマイトのボウルに高粱《コーリャン》めしか、虫のついたにおいのする古米。おかずは大根葉の煮物か、イモやカボチャの煮物、まれに丸ごと煮たイワシがついて、感激したものだ。軍需工場だったから、まだましだったらしい。

各班がごく一部分をやっているので、一体何を造っているのか誰にもわからなかったが、部屋部屋の入り口には赤い文字で「軍機保護法により許可なく立ち入りすることを禁ず」と書いた札が出ていた。海軍監督室には海軍大佐が来ていたし、若い海軍技手が職場を見廻《みまわ》りに来ていたから、海軍の要請で重要な仕事をしていることは想像された。

私たちの学校の生徒はまじめで、責任感が強く、他校の生徒がいい加減な仕事をしたオシャカを進んで残業をしてやり直していた。友達の班では、自分たちの造っている物は何か教えて欲しい、それがわかれば張り合いが出て、もっと頑張れる、とある日みなで班長に迫った。両親にも秘密を守る約束をして、とうとう特殊潜航艇《せんこうてい》用の羅《ら》針儀《しんぎ》を造っていることを聞き出したのだそうだ。自分たちが作っている羅針儀を装備した人間魚雷で、若者たちが死んでゆくことを知り、彼女らは激しい衝撃を受けたという。

無論彼女らは親にも秘密を守り、私がそれを聞いたのも、戦後だいぶたってからである。

「茜色《あかねいろ》の戦記」を書くにあたり、話を聞くためにクラスメートに集まってもらった時には、みなそれぞれの戦記があることを改めて思った。

神にすがる思いだった神風は吹かなかった。

神風という名の特攻機や、私たちが造っていた羅針儀を積んだ特殊潜航艇に乗って、若者たちが自爆して行ったのである。

つむら・せつこ（一九二八〜）
福井県生まれ。小説家。著書に「玩具」（芥川賞）『流星雨』（女流文学賞）『智恵子飛ぶ』（芸術選奨文部大臣賞）ほか。高等女学校は五年制だったが、一九四五年、戦時特例として四年で卒業。同年四月、空襲で学校は全焼、動員先の北辰電機も大部分が焼失した。

葦の中の声

須賀敦子

不時着したのは、いったい北海道のどの辺りだったのか。いや、北海道ではなくて千島列島だったようにも思える。季節はいつだったのか。あのとき、あの場所に彼らの飛行機が不時着したのを目撃した漁船の乗組員たちのなかには、多くはないにしても、まだ何人かは生存者がいるはずだが、その人たちに会ってみたい気がする。

リンドバーグという著者の姓も、おなじ作者が書いた他の作品についても、そして特に、かつて稀《まれ》な感動で私を包みこんだ「その」文章についてもはっきり記憶していながら、それに読みふけった日々から半世紀がすぎてしまったいま、大切な模様のところだけ黒い虫喰《むしく》い穴があいてしまったなつかしい布地のように、表題だけが思い出せない。だれの訳だったのか、読んだとき、まず、アンという作者の名がしっかりと心に刻まれ、いつかは自分もこんなふうに書いてみたいという、たしかな衝動をおぼえたことも、忘れてはいない。だが、彼女と夫が乗った飛行機が不時着した葦《あし》の茂みを、あの日、灰色につつんでいたつめたい霧のように、多くのことが記憶のなかでどんよりと曇《くも》りはじめていることも認めないわけにはいかない。

戦争を境に、私は子供のときに大切にしていた本のほとんどぜんぶを失くしてしまった。とはいっても、家が戦災にあったわけではない。すべてがせっぱつまったなかで、十五歳から十六歳にかけての一年間、東京の家から関西の家へ、そのつぎは家族と別れてひとり東京の学校の寄宿舎へと移りあるいているうちに、ここで一冊、あそこで二冊と、無くしたり、そんなものは置いていらっしゃい、と言われたりしながら、セミが殻を脱ぐように子供時代を脱いでしまって、大切にしていたさして多くない宝物を、惜しいとも思わないであちこちに散らせてしまった。

そんな宝物のなかには、たしか少国民全集といったシリーズの本があって（おそらくは当局の目をくらますためにつけられたこの全集の「軍国的」な名とはうらはらに、そこには絢爛《けんらん》豪華という表現がふさわしい、さまざまな古今東西の名篇《めいへん》があつめられていて、どこにでもあった「お国のためになる子を育てる」式のあさはかなアンソロジーとはあざやかに一線を画していた。戦争中の殺伐《さつばつ》な日々に、声をとがらせて命令しつづける横暴な軍部から日本の子供たちとこの国の文化を守ろうとして、あんなにすてきな本をつくった何人かの勇敢な選者、編集者たちを讃《たた》え、彼らに感謝したい）、その一冊に、私がこれから書こうとしているアン・モロウ・リンドバーグのエッセイがふくまれていた。

当時、中学生になったばかりの私はその文章に心をうばわれ、あまり何度もそれについて考えたので、著者があの短い期間に日本で経験したことどもを、まるで自分が生きてしまったようにさえ思える。私の精神が歩いてきた道を辿《たど》りなおすことが可能なら、あのエッセイはその大切な部分に、上等な素材でつくった芯のようにしっかり残っているはずだ。

若い読者には関係ないと言われてしまうかも知れないけれど、著者でエッセイストのアン・モロウ・リンドバーグは、スピリット・オブ・セント・ルイス号（なんという夢にみちた美しい名だろうと私はかねがねこの名にあこがれていたのだが、最近になって、これは当時セント・ルイスの商工会議所の会頭で、この非凡な飛行家のスポンサーになってくれた人物の提案によるものだったとある本で読んで、がっかりした。詩は、ときに、思いもよらないところで生まれる）と名づけた自分の飛行機を操縦して、はじめての大西洋横断の単独無着陸飛行をなしとげた飛行家チャールズ・リンドバーグの妻だ。チャールズ・リンドバーグが一九二七年の五月二十一日の朝、ニューヨークの飛行場を飛びたってから三十三時間後に、パリのブリュージュ飛行場に着いて、世界を興奮のうずに巻きこんだ話は、いまも私を感動させる。英雄、ということばが、まだ古代のギリシアのあかるさを保っていた時代の話なのだ。彼自身、ずっとあとになってからそのときの体験を『翼よあれがパリの灯だ』（原題はごく平凡に飛行機の名を使った"The Spirit of St. Louis"［1953］である。日本語訳は恒文社、一九九一）に書いている。だが、やがてチャールズにしたがって、いくつかの冒険飛行に参加し、「女流飛行家の草分け」といわれることになる妻のアンは、まだスミス・カレッジの学生だったころから、作家になることを夢みていたという。彼女がこの「英雄」と結婚することになったのは、ほとんど偶然といっていい出会いによるものだった。

さて、題もおぼえていないエッセイに話をもどそう。千島列島の暗い夜につながるひとつの場面が、いまもくっきりと私の記憶に浮かび上がる。千島という、当時の私にとってはアメリカやシベリアとおなじほど遠く思われた土地について語られていたことが、この文章をこれほど鮮やかに記憶することになった理由のひとつだったことはたぶん、間違いない。

「私たちはいったい、地球のどのあたりに着陸したのかも、まったくわかりませんでした」

たしか、そういう文章があって、作者と夫のチャールズは、アメリカから北廻《きたまわ》りで「東洋」へのルートを探るための飛行の途中、葦の茂みに不時着した飛行機のなかで、救助されるのを待っている。すくなくとも、だれかと連絡がとれないことには彼らは機体から脱出できないはずだ。ドアが開かなかったのか、周囲の土地の状況がゆるさなかったのか、いずれにせよ、なにか具合のわるいことがあって、ふたりは簡単なプロペラ機の中で耳をすませ、闇に目をこらして救出されるのを待っている。アンの無線機が不時着のおりに破損したのだったかもしれない。悪天候のせいか、あるいは早い北国の日没のせいなのか、あたりはまっくらだ。アンも、夫のチャールズも、この葦の茂みが、人間の棲《す》む土地に続いているのか、まったくの無人島なのか、すべては肉眼でしか確かめられない時代だったから、いったん無線連絡が不可能となれば、すべてはお手あげだった。機体がばらばらになることもなく、火災や大怪我《おおけが》からもまぬがれ、どうにか着陸に成功はしたものの、もしこれが無人島なら、この先、生きのびられるかどうかの保証はない。

この暗闇の中の時間はどれくらい続いたのか。息をつめて読む私に長く感じられたのだから、あてもなく待っていたふたりにとっては、無限と思えたに違いない。絶望に似たその時間は、しかし、不意に終《お》わる。葦の茂みを通して、人声が近づいてきたのだ。

(関西の家の近くに大きな用水池があって、その一角に葦が繁っていた。私はある夏の日、そこに出かけていって、リンドバーグになったつもりで、池のそばを通る農夫たちの声に耳を澄ませたことがある。寒い千島とはちがって、まぶしい太陽がとろり

とした緑の水面に照り返していた）

　夫妻が耳にしたのはまぎれもない人間の声だった。夫妻がたぶん無事に救済されるだろうことを意味するその人声が、なにを話しているかはむろん彼らにはわからない。でも、それはまさしく死のこちら側の声だった。

　千島列島での不時着から救出されるまでの時間をアン・リンドバーグの文章が語っていたのは、要するにこれだけのことだった。死のこちら側の声などという表現がたとえ使われていたとしても、中学生の私になにが理解できただろう。それは、遠くで行なわれていたはずの戦争が、すこしずつ身近なものに変《かわ》りはじめ、いまでいう中学校の一、二年だった私たちまでが、勤労動員という名のもとに、勉強をそっちのけにして工場に狩りだされた時代だった。空襲がまもなくあるだろう、そして、それが私たちひとりひとりの死につながることになるかも知れないと言われても、現実感は皆無にひとしかった。朝、家を出るとき、行ってまいります、今日、空襲で死ななかったら、夕方に会おうね、と挨拶して、母が青ざめたのに笑いころげるほど、死は私たちの感覚から遠かった。

それでも、私は吸い込まれるように、暗い葦の茂みを伝わって聞こえてきた人間の声についての物語に惹《ひ》かれた。年齢のわりに幼稚な私だったが、人が孤独の中で耳にする人間の声のなつかしさ、というような感覚を、あのとき、自分なりにではあっても、はっきりと読みとったように思えてならない。文章のもつすべての次元を、ほとんど肉体の一部としてからだのなかにそのまま取り入れてしまうということと、文章が提示する意味を知的に理解することは、たぶんおなじではないのだ。幼いときの読書が私には、ものを食べるのと似ているように思えることがある。多くの側面を理解できないままではあったけれど、アンの文章はあのとき私の肉体の一部になった。いや、そういうことにならない読書は、やっぱり根本的に不毛だといっていいのかも知れない。

ここまで書いてきて、思いがけなくもうひとつの考えが浮かんだ。アン・リンドバーグのエッセイに自分があれほど惹かれたのは、もしかすると彼女があの文章そのもの、あるいはその中で表現しようとしていた思考それ自体が、自分にとっておどろくほど均質と思えたからではないか。だから、あの快さがあったのではないか。やがて自分がものを書くときは、こんなふうにまやかしのない言葉の束を通して自分の周囲を表現できるようになるといい、そういったつよいあこがれのようなものが、あのとき私の中で生まれたような気もする。もちろん、それをそれとしてはまったく気づいていなかったし、そのまま学校の作文につなげて考えるには、教室は、あまりにも読書のよろこびや書くことの愉《たの》しさから隔離された場所だった。作文の時間というのが、私にはひどく面映《おもは》ゆく、数学とは違った種類の苦しみだった。

いまでも、目をつぶると、アンが夫とふたりで、おそらくは自然の中で人間はどれほど無力かという苦い自覚につつまれて、息をひそめるようにして葦の中で救出を待った時間が私の中をしずかに通りすぎる、その耳に聞こえない音が伝わってくるようだ。そして、闇のむこうから近づいてくる人たちの声が。それはなつかしい人間の声だった、というふうにアンは書いていた。それは日本語だった、とも。

このエッセイが私にくれた贈物は、それだけではなかった。もうひとつ、忘れられない箇所があった。それを読むまえと読んだあとでは、私のなかでなにかが化学変化をおこしてしまうような、ひとつの「重大事件」にひとしいほどの、めざましい文章だった。

千島列島の海辺の葦の中で救出されたあと、リンドバーグ夫妻は東京で熱烈な歓迎をうけるが、いよいよ船で（どうして飛行機ではなかったのだろう。岸壁についた船とその船を送りに出た人たちをつなぐ無数のテープをえがいた挿絵をみた記憶があるのだが）横浜から出発するというとき、アン・リンドバーグは横浜の埠頭《ふとう》をぎっしり埋める見送りの人たちが口々に甲高《かんだか》く叫ぶ、さようなら、という言葉の意味を知って、あたらしい感動につつまれる。

「さようなら、とこの国の人々が別れにさいして口にのぼせる言葉は、もともと「そうならねばならぬのなら」という意味だとそのとき私は教えられた。「そうならねばならぬのなら」。なんという美しいあきらめの表現だろう。西洋の伝統のなかでは、多かれ少なかれ、神が別れの周辺にいて人々をまもっている。英語のグッドバイは、神がなんじとともにあれ、だろうし、フランス語のアディユも、神のみもとでの再会を期している。それなのに、この国の人々は、別れにのぞんで、そうならねばならぬのなら、とあきらめの言葉を口にするのだ」

ここで私は、三つの日付に言及しなければならない。アンが夫と「東洋」への空路を辿ったのは一九三一年で、彼女がこの本をまとめたのが一九三五年、しかし、このふたつの日付のあいだに、リンドバーグ夫妻は一歳半の長男チャーリーが子供部屋から何者かに攫《さら》われて惨殺されるという、世界を震えあがらせた恐ろしい事件に遭遇している（容疑者が捕らえられ、処刑された後も、この事件には忌《いま》わしい疑惑がまといついているのだが）。当然のことだけれど、それは、若い両親はもとより世界中の人びとを恐怖におとしいれた残酷な事件として、多くの人を震えあがらせた。一九三二年の冬のことである。「別れ」ということばが、アンのなかで「神とともに」から「そうならねばならぬのなら」というあきらめの言葉に変ったのが、この日付を境にしてのことではないかと推定するのは、不謹慎にすぎるだろうか。

長い年月を経たいま、アンの文章（そして誰の手になったのか、美しい翻訳）を正確に記憶しているという自信はまったくないし、当時は誘拐事件についても私自身、無知だったうえ、あきらめ、ということが美徳とはとても思えない年頃でもあったのだが、これを読んだとき、彼女の書いていることが、かぎりなく自分にとって新しい、大切なことに思えたことは確実だ。

葦の中の声が、自分が従うべきひとつの描写の規範、文章のあり方として私をとらえたのなら、さようなら、についての、異国の言葉にたいする著者の深い思いを表現する文章は、私をそれまで閉じこめていた「日本語だけ」の世界から解き放ってくれたといえる。語源とか解釈とか、そんな難しい用語をひとつも使わないで、アン・リンドバーグは、私を、自国の言葉を外から見るというはじめての経験に誘い込んでくれたのだった。やがて英語を、つづいてフランス語やイタリア語を勉強することになったとき、私は何度、アンが書いていた「さようなら」について考えたことか。しかも、ともすると日本から逃げ去ろうとする私に、アンは、あなたの国には「さようなら」がある、と思ってもみなかった勇気のようなものを与えてくれた。

年月がすぎていくあいだに、私は遠い記憶をもとに、いろいろな人にむかし読んだこの文章の魅力について話した。アンの名を知らない人がほとんどだったが、大西洋横断飛行のリンドバーグの夫人だというと、ああ、とチャールズのことを思い出す人もいた。

どういう機会だったのか、あるとき私は母にこの話をした。私がリンドバーグという名をあげると、母は——まったく予期しないことに——ああ、あの大西洋横断飛行の人ね、と即座に言い、さらにこうつけくわえた。たいへんだったのよ、あの人は。赤ん坊だった息子が誘拐されて殺されちゃったのよ。どうあっても情報の人ではなかった母がそんなことをくわしく知っていたのが意外で、私はあっけにとられ、とっさに反応することができなかった。あとになって年齢をくってみると、殺されたリンドバーグ家の長男は妹とおないどしだった。若い母にとっては、他人事ではなかったのだろう。

さらに時間が経《た》って、まったく関係のない調べものをしていたときに、アンの最初の著書の表題が、『北から東洋へ』"North to the Orient"だということを知った。これこそ、かつて私を夢中にさせたあの千島での不時着陸のときの文章がのっている本に違いないとは思ったけれど、それも手に入れる方法をもたないまま、また月日が流れて、私は大学を卒業し、フランス留学から帰って、放送局に勤務していた。ある日、友人がきっときみの気に入るよ、と貸してくれた本の著者の名が、ながいこと記憶にしみこんでいたアン・モロウ・リンドバーグだった。この人についてならいっぱい知っている。

『海からの贈物』というその本は、現在も文庫本で手軽に読むことができるから、私の記憶の中のほとんどまぼろしのようなエッセイの話よりは、ずっと現実味がある。手にとったとき、吉田健一《よしだけんいち》訳と知って、私はちょっと意外な気がしたが、尊敬する書き手があとがきでアンの著作を賞讃《しょうさん》していて、私はうれしかった。もしかしたら、戦争中に読んだあの文章も、おなじ訳者の手になったのではなかったかという思いがあったが、そのころの私はそういうことをきちんと調べる習慣をもっていなかった。

一九五五年に出版された『海からの贈物』は、著者が夏をすごした海辺で出会ったいろいろな貝がらをテーマに七つの章を立てて、人生、とくに女にとって人生はどういうものかについて綴《つづ》ったもので、小さいけれどアンの行きとどいた奥行のある思索が各章にみち美しい本である。たとえば、つぎのような箇所を読むと、ずっと昔、幼い日に私を感動させたあの文章の重みが、もういちど、ずっしりと心にひびいてくる。

「今日、アメリカに住んでいる私たちには他のどこの国にいる人たちにも増して、箇易な生活と複雑な生活のいずれかを選ぶ贅沢《ぜいたく》が許されているのだということを幾分、皮肉な気持になって思い返す。そして私たちの中の大部分は、簡易な生活を選ぶことができるのにその反対の、複雑な生活を選ぶのである。戦争とか、収容所とか、戦後の耐乏生活とかいうものは、人間にいや応なしに簡易な生き方をすることを強《し》いて、修道僧や尼さんは自分からそういう生き方を選ぶ。しかし、私のように、偶然に何日間か、そういう簡易な生活をすることになると、同時に、それが私たちをどんなに落《お》ち着《つ》いた気分にさせるものかということも発見する」

「我々が一人でいる時というのは、我々の一生のうちで極めて重要な役割を果たすものなのである。或《あ》る種の力は、我々が一人でいる時だけにしか湧いてこないものであって、芸術家は創造するために、文筆家は考えを練るために、音楽家は作曲するために、そして聖者は祈るために一人にならなければならない。しかし女にとっては、自分というものの本質を再び見いだすために一人になる必要があるので、その時に見いだした自分というものが、女のいろいろな複雑な人間的な関係の、なくてはならない中心になるのである。女はチャールズ・モーガンが言う、「回転している車の軸が不

動であるのと同様に、精神と肉体の活動のうちに不動である魂の静寂」を得なければならない」（新潮文庫）

半世紀まえにひとりの女の子が夢中になったアン・モロウ・リンドバーグという作家の、ものごとの本質をきっちりと捉えて、それ以上にもそれ以下にも書かないという信念は、この引用を通して読者に伝わるであろう。何冊かの本をとおして、アンは、女が、感情の面だけによりかかるのではなく、女らしい知性の世界を開拓することができることを、しかも重かったり大きすぎたりする言葉を使わないで書けることを私に教えてくれた。徒党を組まない思考への意志が、どのページにもひたひたとみなぎっている。

すが・あつこ（一九二九〜九八）
兵庫県生まれ。随筆家、イタリア文学者。著書に『ミラノ 霧の風景』（女流文学賞ほか）『本に読まれて』ほか。一九四五年四月に聖心女子学院高等専門学校に入学予定だったが、三月の東京大空襲で校舎が焼け落ち、自宅待機に。兵庫県の夙川で敗戦を知る。

被爆前後／一個

竹西寛子

被爆前後

今は有力な自動車会社になっている東洋工業〔現マツダ〕に、戦争末期、動員女子学生として働いたことがある。工場は広島駅の東隣り、向洋《むかいなだ》駅のすぐ傍にあったが、軍需工場としての規模は相当なものだったと記憶する。私達県立第一高女〔現県立広島皆実《みなみ》高等学校〕の学生のほか、広島高等師範の学生なども多数ここで働いていたように思う。

その頃からだがあまり丈夫でなかったせいもあって、現場で兵器の部品を磨いたり削ったりの合間には、本部と称する、当時としてはなかなか洒落《しゃれ》たビルディングの中で、一定の時間、何人かの友達といっしょに事務を執らされたりもした。

動員されて働いたのは東洋工業だけではなかった。ここに先立って被服支廠《ししょう》とか兵器支廠などにも通っているが、動員体制に入る前には、糧秣《りょうまつ》支廠や専売局にも週何日か勤労奉仕という名目で出かけている。戦争が進むにつれてしだいに授業の日よりも勤労奉仕の日の方が多くなっていった。

デパートの缶詰売場へ行くと、私は今でも一瞬とりとめのない淋しさに滅入ってしまう。糧秣支廠での日々が、疲れただるそうな微笑が、次々にたち現われてどうしようもなくなる。レッテル貼りを残してボイルされた軍用缶詰が一旦冷却されると缶の表面に水滴が残る。それを乾いた布で拭きとるのが女子学生の一日中の仕事であった。

午前中はまだよかった。三時の小休憩を過ぎる頃には、立ち通しの脚は膨脹したい放題、もう元には戻らないように感じられ、缶詰は缶詰と見えず、片端から両手で投げとばしたい欲望の対象に変わっていった。

作業の単純さは、専売局の場合もそれに劣らなかった。一メートル立方ほどの竹籠《たけかご》に詰め込まれた生乾きの煙草《たばこ》の葉を、ベルト式乾燥機の上にほぐし拡《ひろ》げて乾かすだけのことなのだが、厚いガーゼのマスクも役立たないような、甘味のまじった煙草特有の刺激性の臭気にあてられ、休憩時間を待ちかねたように屋上へ駈《か》け上がっても、澄んだ空気を貪《むさぼ》るのが精一杯で、私達はほとんど口をきく気力がなかった。

自分の体質のせいもむろんあると思う。しかしいまだに煙草を喫う気になれない原因の一つには、その頃のこともあるように思われてならない。糸の滑りをよくするための蠟《ろう》の塊《かたま》りを、奪い合うようにして軍衣のボタン孔《あな》をかがり、積み上げた綿と綿の間を這《は》い廻《まわ》って陸軍病院用の蒲団皮《ふとんがわ》にそれを詰め、黙々として缶詰の水を切り、肩で息をしながら、屋上でてんでに陽《ひ》に顔を向けていた友達の多くを、私は八月六日の被爆で失った。

夜、都内の高速道路を走りながら幾色もの光の帯に魅入られるような時、また、カラーテレビで外国の風景を愉《たの》しむような時、この気持を彼女たちにも味わわせたかった、と思う。味わう権利があったのに、と思う。何となく疚《やま》しいような申し訳なさに貫かれる。怒りと悔いが改まる。敗戦前に病気で亡くなった私の父などもこういう文明の意匠は知らない。けれども、それに対しては申し訳ないという気はしないのである。

敗戦の翌《あく》る年、旧制の広島女専〔県立広島大学の前身〕国語科に入った。わずかな生き残りと、大きな都会から疎開してそのまま住みついた人、近郊及び遠距離からの通学者たちによる、混合部隊のような学級であった。

爆風で破壊された痕《あと》の完全にはまだ修理されていない木造校舎で、「源氏物語」の講義をされたのは、もう故人になられた中村良作氏であったが、氏の謹厳実直さに「源氏物語」は多分恐縮していた、と思い出されるのもなつかしい。英語の担当として赴任された御輿員三《おごしかずぞう》氏（元京大教授）が、最初の時間、いきなり黒板に「太郎を眠らせ、太郎の屋根に雪ふりつむ。次郎を眠らせ、次郎の屋根に雪ふりつむ」と記され、誰の詩か知っていますか？　と問われた時の意表をついた爽快さは、今も鮮やかによみがえってくる。

私はその頃芭蕉《ばしょう》の不易流行の説にとりつかれていた。不易と流行を、その後に知った言葉で言えば「存在と実在」の関係におきかえてみようとしたのだと思う。むろんその当時は多分に感覚的な啓発を受けていた。

太宰治《だざいおさむ》を救世主のようにみたてるもの、いや宮本百合子《みやもとゆりこ》こそと譲らぬもの、「歎異鈔《たんにしょう》」の一語一語に傾くもの、近郊の教会に通うもの、栄養失調で浮腫《むく》んだ顔をいつも伏せがちにして過ごすもの、授業が終わると戦災孤児の収容所へ慌《あわただ》しく出向くものと、ひとつ学級に集まった心の向きはさまざまであったが、その向き向きに暗く、明るく燃えるものの熱気で、お互い派手に、はげしく離合したあの坩堝《るつぼ》での生活が、のちにかけがえのない重さとして自分に確かめられようとは、少なくともその当時は思ってもみないことだった。生活は貧しかったが、この坩堝でのはげしい離合を通じてMと親しくなった。この人はすでに主婦として家庭におさまっているが、私にとっては、人間やこの世界を見る眼を改めさせてくれた恩人の一人である。

中村憲吉《なかむらけんきち》の姪《めい》にあたるというHとも同級であった。よく知られている宮沢賢治《みやざわけんじ》の詩に「雨ニモマケズ」という作品があるけれど、多分これから後もこの女友達のことを考えずにこの詩を読み、聞くことはできないだろうと思う。血筋は争えないものでこの人の短歌は群を抜いていた。詩の朗読にも特有のふりがあり、それにかねてから魅せられていたもの達が、学校祭での詩の朗読を求めた。Hは快く応じると「雨ニモマケズ」を選んだ。

その日楽屋でこの朗読を聞き終えた時、私は目蓋《まぶた》のうらに熱いものを感じていた。詩語にのりうつり、詩語にのりうつられているものの声としか聞《きこ》えないその声は、すでにHのそれとはひびかなかった。Hが被爆で一時に両親を失ってから、ようやく三年経った時分の事だった。

昨年〔一九六七年〕、大阪でのある講演会の末席に列《つらな》った折、終わってからHが控室を訪ねてくれた時には、二十年近い歳月がぞっくりとえぐられたようなときめきに、しばらくは口もきけなかった。池田市で一女の母となっているHは、その後の便りの端に、近頃詠んだものですといって数首を認《したた》めてくれた。許しを得ていないのでここに記せないのが残念だけれども、そのうちの一首は、鳥肌立つような挽歌《ばんか》であった。

私達にとって、戦後は終わりようもないのである。

一個

「やっぱり、やめときますわ」

老婆はそう言うと、日傘を開き、八百屋の店先を離れた。片手に網袋をかけている。大皿や笊《ざる》に盛り分けられた茄子《なす》、胡瓜《きゅうり》、とうもろこし、ピーマン、トマト、水蜜桃《すいみつとう》の小山を二度ばかり振り返ってから、午後の陽射しの中を露路《ろじ》のほうに歩いて行った。

老婆が欲しかったのは、一個の水蜜桃であった。しかし店頭の皿や笊には、大抵五、六個以上の品が入っていた。箱入りの品なら、一列とか半箱分、という売り方だった。

「おじいさんと二人だから」

店先にいた時、老婆は、ピーマンの皿に手を伸ばしている私に向かって、別に返事を期待しているふうでもなく話しかけた。

ひと山買ったのではとても食べきれない。食べないうちに腐ってしまう。勿体《もったい》ない。

老婆は多分そういう気持だろうと思い、

「少しの野菜とか果物が、買いにくくなりましたね」

と言った。それは日頃の自分の切実な実感でもあった。

「桃をね、本当は毎日一つずつ買いたいの。手も痛いし。同じ果物を五つ運ぶほどなら、少しずつ他の物を買って帰っておじいさんに食べさせたいと思うでしょ」

老婆は、それでも勇気を出して店の人にたずねた。

「桃のばら売りはしてくれないの？」

「しますよ。だけど、高くなるよ。それでもいい？」

老婆は値を聞いて首を振った。

売る方にも、そうする理由は十分にあるのであろう。けれども、腐らせるのも捨てるのも勿体ないとなれば、小人数の家でも、よほど経済的に余裕のない限り、やむなく煮炊きのための材料集めが制限され、献立もいきおい限られるということになりかねない。


結果はともかく、水蜜桃一個、トマト一個、お饅頭《まんじゅう》一個下さいと言うのに、大そう勇気のいる世の中になった。

今やさかんなテレビの娯楽番組で、罰ゲームと称して、よく、生クリームとか生卵などを出演者の顔に投げつけることがある。

遊びの一種だといえばそれまでかもしれないし、テレビ局でも採算がとれているからそうもしていられるのだろうが、私にはたまらない光景である。

日本の尋常小学校が国民学校に切り換えられたのは昭和十六〔一九四一〕年で、同じ年の暮れに太平洋戦争が始まった。私は六年生になっていた。

その当時、月の初めを「興亜《こうあ》奉公日」とよんでいた。町中の食堂や飲食店は、この日ほとんど休業した。

日中戦争が進むにつれて、食生活の質素、倹約が、いろいろなかたちで実行されるようになっていた。また、そうせざるを得なくなっていた。

「贅沢《ぜいたく》は敵」だった。

私の通っていた小学校では、「興亜奉公日」は日の丸弁当の日と決められていた。梅干一個以外、お弁当におかずを添えることは許されなかった。

日の丸弁当の日は、先生に引率されて、護国神社の清掃などに行く日でもあった。

同級生に、ある商家の長女がいた。

町では、かなり大きな古くからの店で、使用人も多かったが、お弁当はいつもおどろくほど質素だった。時世にかなった職業で、贅沢の不可能な家とは思われないのに、地味だった。私とは、席が近かった。

ある日私は、彼女がいつまでたってもお弁当のおかずに手をつけず、ご飯ばかり食べているらしいのに気づいた。やがてお米の部分が消え、とうとうおかずだけが取り残されてしまった。

すると彼女は、首をすくめて、アルミニュウムの箱の中でそれを転がしながら、さもうれしそうにあちこちながめているのである。

おかずは、きれいに殻をむいた茹《ゆ》で卵一個であった。

他人のお弁当のことを書くなど、われながらはしたないと思う。けれども、未《いま》だにあの時の友達の、首をすくめた姿が忘れられないのである。他の友達のお弁当など思い出しもしない。あの茹で卵一個は、彼女にとってはまさにものすごい贅沢であり、私も彼女のよろこびを素直に自分のよろこびとすることが出来た。そういう時代だった。

三十八年前の夏に、彼女は広島で被爆して亡くなったと聞く。別々の女学校に進んでいたが、一族の消息を知る人にも未だに会っていない。

たけにし・ひろこ（一九二九〜）
広島県生まれ。小説家、評論家。著書に『往還の記』（田村俊子賞）『管絃祭』（女流文学賞）『山川登美子』（毎日芸術賞）ほか。広島への原爆投下時は十六歳。足を毒虫に刺されたため、その日は動員先の工場を休み、爆心地から二・五キロ離れた自宅にいた。

にがく、酸い青春

新川和江

五月闇

ひとことも
ことばをかわしませんでしたので
なにひとつ　はじまりもせず終《おわ》りもせずに
あのひとは少年のまま
梅の木の下に　まだ立ちつづけています
うつくしいその横顔に
憂いのかげがあのように深いのは

木の下によどんでいる梅雨どきの闇のせいでしょうか
——青梅をたべると　死ぬんですって
——それならたべよう　今すぐふたりで
そんな他愛もないことを大真面目で
言おうとしていたのでした
聞こうとしていたのでした
わたしはわたしで
風邪《かぜ》でもひきこんだみたいに
ぞくぞく寒くなったりして……

梅は古木になりましたのに
わたしたちも　それぞれの土地で
それぞれに　うっすらと老いましたのに

幼い恋はあの日のままに
ふるさとの庭の　梅の木の下に立っています
折り折りは雨にも濡《ぬ》れ
青い死をひそかに実らせながら
梅の木も立っています

旧制の女学校の、一年生の晩春の頃だったと思う。前年〔一九四一年〕の十二月から、太平洋戦争に突入していて、私たちの周りにも、戦時色が濃くなりはじめていた。全国の女学生に共通のヘチマ衿《えり》の標準服を、のちに着せられることになるのだけれど、当時はまだサージのセーラー服に襞《ひだ》スカートの着用が許されていた。村の小学校から、憧《あこが》れの町の女学校へ、私は入学したのだった。えんじのリボンを胸に大きく結んでいた。

召集令状を受けた兄が水戸の聯隊《れんたい》に入隊していて、月に一、二度、ぼた餅《もち》やちらしずしを重箱に詰め、母と一緒に面会に行くのである。水戸線で終点の水戸まで行き、そこから聯隊行きのバスに乗るのだが、とある停留所を通過する時、長身の学生が路上に立っているのを見た。白線のついた学帽は、だいぶ頭に馴染《なじ》んだものであったので、高等学校も高学年の学生であるらしかった。かれはそのバスには乗らなかったが、発車したバスの窓から見ている私と、目が合った。一瞬のことだったけれど、かつて体験したことのないときめきが、私の胸に生じた。高畠華宵《たかばたけかしょう》が描く憂国の志士のような、うつくしい容貌《ようぼう》の青年だった。

聯隊に着いて兄と面会し、重箱を渡してなにかと話しかけられても、私は浮かない顔をしていた。「どうした、風邪でも引いたのか」と兵隊服の兄が言った。

小半時《こはんとき》もして帰ろうとした時、門に向《む》かって歩き出した私の足が、思わず釘付《くぎづ》けになった。巨《おお》きな桜の樹の下に、あの学生が立っていたのだ。かれも、身内の誰かに面会に来たのだろうか。しかしその様子もなくかれはただ、立っていた。葉桜の暗い陰が憂いの表情をいっそう深くしていた。

母に促され、その前を通り過ぎる時、私は二度と会えないだろうそのひとの、学生服の胸ポケットに縫いつけられた、白い小布の名札を見た。「〇〇」と姓だけが読みとれた。大胆なことをしたものだが、せめて名前だけでも知りたいと、いっしょけんめいだったのだ。

家に帰ると、春だというのに、火鉢を抱えこんで部屋に閉じ籠《こも》ってしまった。「やっぱり風邪を引いたようだね」と母は言って、くず湯を運んできてくれた。そうではなかった。生《うま》れてはじめて、私は恋をしたのだった。

そのひとの名と学帽の下の面差しは、今でも深く、私の胸に刻みつけられている。さて、上掲の詩――。ふるさとの家の庭にも、古い梅の木はたしかに在ったが、その木の下に私は、言葉を交わすこともなかった行きずりのそのひとを、幼馴染みのようにして、立たせてみたかった。葉桜の頃よりも季節はさらに夏へとすすんで、梅の木の下に漂う闇は、さらに深い。

そのひとも何処《どこ》かで、静かな老年を迎えているのであろう。それとも、学徒出陣で戦争に狩り出され、南の空に散華《さんげ》したか。私の通う女学校の教室が七つもつぶされ、旋盤やターレット、ミーリングといった機械が運び込まれて、兵器工場と化すのも、それから間もなくのことだった。私たちがそこで造らせられていたのは、片道燃料で敵の航空母艦に突っ込んで行く特攻機の、心臓部に取りつける気化器という部品だった。そのひとの死に私は、加担していたのかも知れなかった。

しんかわ・かずえ（一九二九〜）
茨城県生まれ。詩人。著書に『ローマの秋・その他』（室生犀星詩人賞）『わたしを束ねないで』『詩が生まれるとき』ほか。女学校在学中の一九四四年、憧れの詩人西條八十が隣町に疎開してきたのを知り、詩を書き送った。それを機に詩の手ほどきを受ける。

ごはん

向田邦子

歩行者天国というのが苦手である。

天下晴れて車道を歩けるというのに歩道を歩くのは依怙地《えこじ》な気がするし、かといって車道を歩くと、どうにも落着《おちつ》きがよくない。

滅多に歩けないのだから、歩ける時に歩かなくては損だというさもしい気持がどこかにある。頭では正しいことをしているんだと思っても、足の方に、長年飼い慣らされた習性からうしろめたいものがあって、心底《しんそこ》楽しめないのだ。

この気持は無礼講に似ている。

十年ほど出版社勤めをしたことがあるが、年に一度、忘年会の二次会などで、無礼講というのがあった。その晩だけは社長もヒラもなし。いいたいことをいい合う。一切根にもたないということで、羽目を外して騒いだものだった。

酔っぱらって上役にカラむ。こういう時オツに澄ましていると、融通が利《き》かないと思われそうなので、酔っぱらったふりをして騒ぐ。

わざと乱暴な口を利いてみる。

だが、気持の底に冷えたものがある。

これはお情けなのだ。

一夜明ければ元の木阿弥《もくあみ》。調子づくとシッペ返しがありそうな、そんな気もチラチラしながら、どこかで加減しいしい羽目を外している。

あの開放感と居心地の悪さ、うしろめたさは、もうひとつ覚えがある。

それは、畳の上を土足で歩いた時だった。

今から三十二年前〔一九四五年〕の東京大空襲の夜である。

当時、私は女学校の三年生だった。

軍需工場に動員され、旋盤工として風船爆弾の部品を作っていたのだが、栄養が悪かったせいか脚気《かっけ》にかかり、終戦の年はうちにいた。

空襲も昼間の場合は艦載機が一機か二機で、偵察だけと判《わか》っていたから、のんびりしたものだった。空襲警報のサイレンが鳴ると、飼猫のクロが仔猫《こねこ》をくわえてどこかへ姿を消す。それを見てから、ゆっくりと本を抱えて庭に掘った防空壕《ぼうくうごう》へもぐるのである。

本は古本屋で買った「スタア」と婦人雑誌の附録の料理の本であった。クラーク・ゲーブルやクローデット・コルベールの白亜の邸宅の写真に溜息《ためいき》をついた。

私はいっぱしの軍国少女で、「鬼畜米英」と叫んでいたのに、聖林《ハリウッド》だけは敵性国家ではないような気がしていた。シモーヌ・シモンという猫みたいな女優が黒い光る服を着て、爪先《つまさき》をプッツリ切った不思議な形の靴をはいた写真は、組んだ脚の形まで覚えている。

料理の本は、口絵を見ながら、今日はこれとこれにしようと食べたつもりになったり、材料のあてもないのに、作り方を繰返し読みふけった。頭の中で、さまざまな料理を作り、食べていたのだ。

「コキール」「フーカデン」などの食べたことのない料理の名前と作り方を覚えたのも、防空壕の中である。

「シュー・クレーム」の頂きかた、というのがあって、思わず唾《つば》をのんだら、

「淑女は人前でシュー・クレームなど召し上《あが》ってはなりません」

とあって、がっかりしたこともあった。


三月十日。

その日、私は昼間、蒲田《かまた》に住んでいた級友に誘われて潮干狩《しおひがり》に行っている。寝入りばなを警報で起《おこ》された時、私は暗闇の中で、昼間採ってきた蛤《はまぐり》や浅蜊《あさり》を持って逃げ出そうとして、父にしたたか突きとばされた。

「馬鹿！　そんなもの捨ててしまえ」

台所いっぱいに、蛤と浅蜊が散らばった。

それが、その夜の修羅場《しゅらば》の皮切りで、おもてへ出たら、もう下町の空が真赤になっていた。我家《わがや》は目黒《めぐろ》の祐天寺《ゆうてんじ》のそばだったが、すぐ目と鼻のそば屋が焼《しょう》夷弾《いだん》の直撃

で、一瞬にして燃え上った。

父は隣組の役員をしていたので逃げるわけにはいかなかったのだろう、母と私には残って家を守れといい、中学一年の弟と八歳の妹には、競馬場あとの空地に逃げるよう指示した。

駆け出そうとする弟と妹を呼びとめた父は、白麻の夏布団を防火用水に浸し、たっぷりと水を吸わせたものを二人の頭にのせ、叱《しか》りつけるようにして追い立てた。この夏掛けは水色で縁《ふち》を取り秋草を描いた品のいいもので、私は気に入っていたので、「あ、惜しい」と思ったが、さっきの蛤や浅蜊のことがあるので口には出さなかった。だが、そのうちに夏布団や浅蜊どころではなくなった。「スタア」や料理の本なんぞといってはいられなくなってきた。火が迫ってきたのである。

「空襲」

この日本語は一体誰がつけたのか知らないが、まさに空から襲うのだ。真赤な空に黒いB29。その頃はまだ怪獣ということばはなかったが、繰り返し執拗《しつよう》に襲う飛行機は、巨大な鳥に見えた。

家の前の通りを、リヤカーを引き荷物を背負い、家族の手を引いた人達が避難して行ったが、次々に上る火の手に、荷を捨ててゆく人もあった。通り過ぎたあとに大八車が一台残っていた。その上におばあさんが一人、チョコンと坐《すわ》って置き去りにされていた。父が近寄った時、その人は黙って涙を流していた。

炎の中からは、犬の吠《ほ》え声が聞《きこ》えた。

飼犬は供出するようにいわれていたが、こっそり飼っている家もあった。連れて逃げるわけにはゆかず、繋《つな》いだままだったのだろう。犬とは思えない凄《すさ》まじいケダモノの声は間もなく聞えなくなった。

火の勢いにつれてゴオッと凄まじい風が起り、葉書大の火の粉が飛んでくる。空気は熱く乾いて、息をすると、のどや鼻がヒリヒリした。今でいえばサウナに入ったようなものである。

乾き切った生垣《いけがき》を、火のついたネズミが駆け廻《まわ》るように、火が走る。水を浸した火《ひ》叩《たた》きで叩き廻りながら、うちの中も見廻らなくてはならない。

「かまわないから土足で上れ！」

父が叫んだ。

私は生れて初めて靴をはいたまま畳の上を歩いた。

「このまま死ぬのかも知れないな」

と思いながら、泥足で畳を汚すことを面白がっている気持も少しあったような気がする。

こういう時、女は男より思い切りがいいのだろうか。父が、自分でいっておきながら爪先立ちのような半端な感じで歩いているのに引きかえ、母は、あれはどういうつもりだったのか、一番気に入っていた松葉の模様の大島《おおしま》の上にモンペをはき、いつもの運動靴ではなく父のコードバンの靴をはいて、縦横に走り廻り、盛大に畳を汚していた。母も私と同じ気持だったのかも知れない。

三方を火に囲まれ、もはやこれまでという時に、どうしたわけか急に風向きが変《かわ》り、夜が明けたら、我が隣組だけが嘘《うそ》のように焼け残っていた。私は顔中煤《すす》だらけで、まつ毛が焼けて無くなっていた。

大八車の主が戻ってきた。父が母親を捨てた息子の胸倉を取り小突き廻している。

そこへ弟と妹が帰ってきた。

両方とも危い命を拾ったのだから、感激の親子対面劇があったわけだが、不思議に記憶がない。覚えているのは、弟と妹が救急袋の乾パンを全部食べてしまったことである。うちの方面は全滅したと聞き、お父さんに叱られる心配はないと思って食べたのだという。

孤児になったという実感はなく、おなかいっぱい乾パンが食べられて嬉《うれ》しかった、とあとで妹は話していた。

さて、このあとが大変で、絨毯《じゅうたん》爆撃がいわれていたこともあり、父は、この分でゆくと次は必ずやられる。最後にうまいものを食べて死のうじゃないかといい出した。

母は取っておきの白米を釜いっぱい炊き上げた。私は埋めてあったさつまいもを掘り出し、これも取っておきのうどん粉と胡麻油《ごまあぶら》で、精進揚《しょうじんあげ》をこしらえた。格別の闇ルートのない庶民には、これでも魂の飛ぶようなご馳走だった。

昨夜の名残《なご》りで、ドロドロに汚れた畳の上にうすべりを敷き、泥人形のようなおやこ五人が車座になって食べた。あたりには、昨夜の余燼《よじん》がくすぶっていた。

わが家の隣りは外科の医院で、かつぎ込まれた負傷者も多く、息を引き取った遺体もあった筈《はず》だ。被災した隣り近所のことを思えば、昼日中から、天ぷらの匂いなどさせて不謹慎のきわみだが、父は、そうしなくてはいられなかったのだと思う。

母はひどく笑い上戸《じょうご》になっていたし、日頃は怒りっぽい父が妙にやさしかった。

「もっと食べろ。まだ食べられるだろ」

おなかいっぱい食べてから、おやこ五人が河岸《かし》のマグロのようにならんで昼寝をした。

畳の目には泥がしみ込み、藺草《いぐさ》が切れてささくれ立っていた。そっと起き出して雑巾《ぞうきん》で拭こうとする母を、父は低い声で叱った。

「掃除なんかよせ。お前も寝ろ」

父は泣いているように見えた。

自分の家を土足で汚し、年端《としは》もゆかぬ子供たちを飢えたまま死なすのが、家長として父として無念だったに違いない。それも一個人ではどう頑張っても頑張りようもないことが口惜《くや》しかったに違いない。

学童疎開で甲府《こうふ》にいる上の妹のことも考えたことだろう。一人だけでも助かってよかったと思ったか、死なばもろとも、なぜ、出したのかと悔んだのか。

部屋の隅に、前の日に私がとってきた蛤や浅蜊が、割れて、干からびて転がっていた。

戦争。

家族。

ふたつの言葉を結びつけると、私にはこの日の、みじめで滑稽《こっけい》な最後の昼餐《ちゅうさん》が、さつまいもの天ぷらが浮かんでくるのである。


はなしがあとさきになるが、私は小学校三年生の時に病気をした。肺門淋巴《リンパ》腺炎《せんえん》という小児結核のごく初期である。

病名が決《き》まった日からは、父は煙草《たばこ》を断った。

長期入院。山と海への転地。

「華族様の娘ではあるまいし」

親戚からかげ口を利かれる程だった。

家を買うための貯金を私の医療費に使ってしまったという徹底ぶりだった。

父の禁煙は、私が二百八十日ぶりに登校するまでつづいた。

広尾《ひろお》の日赤《にっせき》病院に通院していた頃、母はよく私を連れて鰻《うなぎ》屋へ行った。病院のそばの小さな店で、どういうわけか客はいつも私達だけだった。

隅のテーブルに向《むか》い合って坐ると、母は鰻丼を一人前注文する。肝焼《きもやき》がつくこともあった。鰻は母も大好物だが、

「お母さんはおなかの具合がよくないから」

「油ものは欲しくないから」

口実はその日によっていろいろだったが、つまりは、それだけのゆとりがなかったのだろう。

保険会社の安サラリーマンのくせに外面《そとづら》のいい父。親戚には気前のいいしゅうとめ。そして四人の育ち盛りの子供たちである。この鰻丼だって、縫物のよそ仕事をして貯《た》めた母のへそくりに決っている。私は病院を出て母の足が鰻屋に向うと、気が重くな

った。

鰻は私も大好物である。だが、小学校三年で、多少ませたところもあったから、小説などで肺病というものがどんな病気かおぼろげに見当はついていた。

今は治っても、年頃になったら発病して、やせ細り血を吐いて死ぬのだ、という思いがあった。

少し美人になったような気もした。鰻はおいしいが肺病は甘くもの悲しい。おばあちゃんや弟妹達に内緒で一人だけ食べるというのも、嬉しいのだがうしろめたい。

どんなに好きなものでも、気持が晴れなければおいしくないことを教えられたのは、この鰻屋だったような気もするし、反対に、多少気持はふさいでも、おいしいものはやっぱりおいしいと思ったような気もする。どちらにしても、食べものの味と人生の味とふたつの味わいがあるということを初めて知ったということだろうか。

今でも、昔風のそば屋などに入って鏡があると、ふっとあの日のことを考えることがある。

暗い臙脂《えんじ》のビロードのショールで衿元《えりもと》をかき合《あわ》せるようにしながら、私の食べるのを見るともなく見ていた母の姿が見えてくる。その前に、セーラー服の上に濃いねずみ色と赤の編み込み模様の厚地のバルキー・セーターを重ね着した、やせて目玉の大きい女の子が坐っていて、それが私である。母はやっと三十だった。髪もたっぷりとあり、下ぶくれの顔は、今の末の妹そっくりである。赤黄色いタングステンの電球は白っぽい蛍光灯に変り、鏡の中にかつての日の母と私に似たおやこを見つけようと思っても、たまさか入ってくるおやこ連れは、みな明るくアッケラカンとしているのである。

母の鰻丼のおかげか、父の煙草断ちのご利益《りやく》か、胸の病の方は再発せず今日に至っている。

空襲の方も、ヤケッパチの最後の昼餐の次の日から、B29は東京よりも中小都市を狙いはじめ、危いところで命拾いをした形になった。

それにしても、人一倍食いしん坊で、まあ人並みにおいしいものも頂いているつもりだが、さて心に残る〝ごはん〟をと指を折ってみると、第一に、東京大空襲の翌日の最後の昼餐。第二が、気がねしいしい食べた鰻丼なのだから、我ながら何たる貧乏性かとおかしくなる。

おいしいなあ、幸せだなあ、と思って食べたごはんも何回かあったような気もするが、その時は心にしみても、ふわっと溶けてしまって不思議にあとに残らない。釣針の「カエリ」のように、楽しいだけではなく、甘い中に苦みがあり、しょっぱい涙の味がして、もうひとつ生き死ににかかわりのあったこのふたつの「ごはん」が、どうしても思い出にひっかかってくるのである。

むこうだ・くにこ（一九二九～八一）

東京生まれ。脚本家、随筆家、小説家。脚本を手がけたドラマに『寺内貫太郎一家』『阿修羅のごとく』、著書に『父の詫び状』『思い出トランプ』（収録三篇で直木賞）ほか。東京大空襲後、両親はそれまで手放さなかった小学一年生の末妹も疎開に出すことを決めた。

か細い声

青木　玉

東京に、南方洋上から敵機の襲来を告げるサイレンが鳴り渡り、何度か偵察機が通り過ぎて行った。

昭和十九〔一九四四〕年の夏休み、学徒動員により、「立川《たちかわ》飛行機」へ、同級の友達と配属されることになった。割当てられた仕事は工作機械の図面を烏口《からすぐち》を使って写し取る作業だった。当時、「立川飛行機」は戦闘機隼《はやぶさ》を作る主力工場で、戦時下の増産と機密保持のため、緊張感が漲《みなぎ》り、言葉も動作も軍隊調の中に、十四歳の女の子達は組み込まれた。それまで見たこともない機械の図面は理解し難く、烏口の先を研げといわれても、どうしてよいか解《わか》らない。怒鳴られたり無視されたり、こんな汚い図面じゃ見るだけで胸が悪くなる、となじられた。

ようやく烏口の墨がぼたもれしなくなった頃、B29の編隊が頭上を通ってゆく。まだその先に何が起きているか惨事は思い遣《や》るだけだった。朝六時前に家を出ないと、集合時間に遅れる。窓ガラスが破れて桟《さん》が打ち付けられた満員電車に頭からもぐり込んで、目も鼻もひしゃげる有様だ。それでも欠席遅刻をすれば、時間を守った友達が、他校の生徒の前で嫌味を言われる。眠かろうがお腹《なか》が空《す》こうがそれだけは防ぎたかった。台風が来てどしゃ降りの雨が降った。帰宅時間、工場の外へ出ると道路に水が溢《あふ》れ、膝まで水につかって足で探りながら進む。廻《まわ》りを行く大人達は雨で川が立ち上がるから立川というんだと笑った。

日を追って空襲は昼夜の別なく、遠かった爆撃の震動は、確実に近づいてきた。焼夷弾《しょういだん》が空中で拡散し、真昼のように火の手が上がるのを、家の奥に積み重ねた布団の陰に身をひそめて窺《うかが》い、火が迫らないことを願っていた。翌日、ものの焼け焦げた匂いと共に、隣接する地域が被災して、怪我《けが》や火傷《やけど》を負った人の様子が生々しく伝わり、この次は自分達の住む場所が危ないと、誰もが感じながら口をつぐんでいた。

状況の悪化は、電休日というかたちで現れる。その翌日、工場の正門を通って行く途中にロープが張られ、ずっと遠廻りをして、仕事場に行ったが、何時《いつ》もの部屋の主だった人達の姿がなく、昨日、奥にある工場が爆撃され、電休日だったため、運よく怪我人が出なかったが、各部署から応援の手が集められているという話だった。仕事も出来ず、引率の先生に報告に行こうとした時、いきなり警戒警報なしに空襲のサイレンが鳴り出した。防空壕《ぼうくうごう》まで行く余裕はないと感じた。決められた壕へは廻り道をしなければならない。部屋の中から、建物の裏側の道沿いの壕に行け、遠くに行った方が安全だぞ、と大声で指示された。

夢中で駈《か》け出した。枯れた草むらに見えた防空壕に近付くと、それは掘りかけの窪《くぼ》地《ち》で身を隠す深さはない。次も、その次もほったらかしで、この先にちゃんとした壕はないのかも知れないという疑いが湧いた。互いに声を掛け合って走ってきたが、いつか離ればなれになっていた。遠くに聞こえていた飛行機の爆音が迫って、もう道を走るのは危ないと思った時、後の方できれぎれに私の名を呼ぶ声を聞いた。

待って、待っててよー、ねえ、待って。

仲の好《よ》かった友達は、心臓が弱くて走れないのに気が付いた。でも待つことも戻ることも出来ずに、身を隠す場所を探して草むらを走った。脚がもつれ、息もつけなくなり、覆い被《かぶ》さってくる爆音にたたき付けられて前に転がった。凄《すさ》まじい音と埃《ほこり》まじりの砂つぶてに耳を押さえて突《つ》っ伏《ぷ》したまま動けなかった。爆音が遠ざかり、やっと上体を起こして、木の枝や枯れ草が散らばった中に座り、はじめて胸の動悸《どうき》がどっどと脈打っているのに気が付いた。

終戦になりかたちばかりの卒業をした。十年ほど前、クラス会に誘われて、五十年ぶりにそこで幼な顔の残るあの友達に会えた。言葉にならない嬉《うれ》しさだったが、一心に謝った。相手は逃げたことは覚えているけど、あの時私そんなこと言った？　と。

何も彼《か》も一時に遠のき、涙が溢《あふ》れた。

あおき・たま（一九二九〜）
東京生まれ。随筆家。著書に『小石川の家』（芸術選奨文部大臣賞）『幸田文の簞笥の引き出し』ほか。一九三八年より母・幸田文とともに祖父・露伴の小石川の家に住む。四五年三月、祖父、母とともに長野県へ疎開。同年五月、空襲で小石川の家は焼失した。

国旗／終戦の日

林　京子

国　旗

黄浦江《こうほこう》を往き来《ゆき》する、外国船の動きがおかしい。運動会の朝の、開会式前の運動場のように、何となくざわめいている。アマは、戦争ハジマル、という。

つい二、三ヵ月前には、朝靄《あさもや》のなかを、短く、性急に汽笛を鳴らして、アメリカ軍艦が二隻、つらなって入港した。ダブルベッドのシーツ大の星条旗を艦尾にたてて、全速前進するさまは、ただごとではない。イギリス軍艦は知らぬ間に入港し、アメリカ軍艦と前後して、税関の時計台前にイカリを降ろしている。時計台はガーデンブリッジの川向こう、共同租界《そかい》側にある。時計台を中心に建ち並ぶビルディング街には英国国旗、アメリカ国旗、それにパリジェンヌの首の、スカーフを想《おも》わせる粋な三色旗が、川面から吹きあげる風にはためいて、林立している。軍艦は、それらの旗を守護する恰好《かっこう》で、流れの中央に停泊している。

虹口《ホンキュー》側の出雲《いずも》桟橋には、切れ切れの軍旗を掲げて、「出雲」が停泊していた。「出雲」は日本海海戦に活躍したという、老朽艦である。

母は、あれは最高よ、と褒めるが、私には尻が重い、アヒルの母さんにしか見えない。

私は、この軍艦が動いた姿を、みたことがなかった。大砲にもほろがかけてあって、四六時中、桟橋にへばりついている。「出雲」は走れない軍艦なのだ、と私は思っていた。

その「出雲」がある日、突然、動いた。真黒い煙《けむ》りをムックムック吐いて、黄浦江を河口に向かって走り、また戻ってきた。帰って来た「出雲」は、艦首を税関に向けた。

桟橋から離れると、流れの中央に堂堂と浮いて、停泊した。「出雲」は大砲のほろを取った。アメリカ、イギリスの両国軍艦に砲口を向けた。

秋が近づいて来ると、外国の客船や貨物船は、次次に上海《シャンハイ》の港を出て行った。

オクサン戦争アルネ、とアマが言った。母は、ないわ、と答えた。黄浦江の船舶の動静を眺めて、国際情勢に長《た》けているアマは首を振って、日本マケルヨ、と断言した。負けません、と母は腹を立てた。アマは、アメリカ旗大キイヨオクサン、金持チッヨイ、と言った。

私も、アマの意見に賛成だった。どっちの国が勝つか、それはわからないが、アメリカは強そうにみえる。アメリカの国旗は、黄浦江を走るどの国の船の国旗よりも大きい。母艦のまわりを駆けまわるモーターボートの星条旗も、ボートが包めそうに大きいのだ。

その年〔一九四一年〕の十二月八日未明、「出雲」は黄浦江上の、英米両国軍艦を砲撃し、アマの予言通り、戦争は始まった。砲声に耳を澄ましていた母は、撃ち返しはないようね、と言って、私たち姉妹に外出着を着せた。そして外出用の革靴《かわぐつ》をはかせた。ランドセルを背負わせると、ベッドに入ってなさい、と様子を窺《うかが》いに屋上に上がって行った。私は、撃ち返しはいつ来るのだろう、と震えながら、身内に広がって行く開戦の轟《とどろ》きを聞いていた。

終戦の日

今日は八月十五日、終戦の日である。台風五号の接近で、突風が吹いている。昭和二十〔一九四五〕年のこの日、諫早《いさはや》は快晴だった。長崎で被爆した私は、諫早に疎開していた母の許《もと》に帰っていた。正午に、ラジオで重大放送があるという。柱に寄りかかって座って、庭づたいに聞こえてくる隣家のラジオの雑音に、私は耳を傾けていた。町では「終戦の詔書」が放送される前から、日本の降伏がささやかれていた。一方、本土玉砕まで戦うとする軍部の檄《げき》も、うわさとして流れていた。飛び交ううわさのなかで、町は静寂だった。病院はもちろんだが、小学校も中学校も、警察や市役所まで、人を収容出来る建物は、長崎の被爆者たちでいっぱいである。家の前の小学校にも、重傷者たちが収容されていた。机を寄せた席や廊下に、じかに寝かされていた。血膿《ちうみ》は床に流れて乾き、痛みにうめき声をあげる。夜になると、狂ってしまったらしい人の叫びが、堀を隔てた私の家まで聞こえてきた。母たち町内の女たちは、玉音放送も本土決戦も、もうどうでもいいようであった。日本の敗戦は、諫早の人口を上回る被爆者の姿をみても、歴然である。ただひたすら、目前で苦しむ人びとの看護に、母たちは努めていた。看護といっても、傷につける薬はもうないのである。苦痛を和らげるために、うちわで風を送ってやるか、ピンセットか割りばしで傷に食い入るうじ虫を取るか、それぐらいである。母は私が助かったおかえしにと、連日、看護に出かけていった。

重体の被爆者のなかに、朝鮮の少女がいた。歳《とし》は十四、五歳で、私と同じ年頃だったという。小学校の廊下に寝かされていた少女は、オモニ、オモニと母国語で母親を呼び続ける。少女と私の姿が重なって、声が聞こえると母は駆けていって、少女の手を握ってやる。死期は近く、少女は緑便の下痢をはじめていたという。しかし肌がぬるぬるに焼けて、抱き起こして便所に連れていくことも、便器を当てがうことも出来ない。腰のまわりによどむ便を、母たちは拭きとり、井戸水をたっぷり含ませたタオルで、床をひたひたとふいてやる。涼気を感じるのか、少女は静かになったという。この様子をみていた、作業監督の若い警察官が、日本人から先に看《み》ろ、と怒鳴ったという。母たちは、苦しいのは誰でも同じでしょう、といって、少女の看護を続けたという。

これは美談ではない。当時朝鮮の人たちは私たちの同胞だったし、仮に異国人であっても、母たちの行為は、人として当たり前のことである。原爆の閃光《せんこう》が人種の選別をしなかったように、多くの人びとはあのとき、けが人の選別をしなかった。思想も国家も国境もなく、人は一様に苦しみ、生きていたいと願い、助けたいと努めた。浦《うら》上《かみ》では、収容されていた連合国の捕虜たちも被爆している。被爆した捕虜たちは、負傷した日本人の救助に尽くしたという。これも特別な行為ではない。人間の芯に残る、優しさだと思う。あるいは、殺されるかもしれない捕虜の身の不安の、打算かもしれない。しかし生き残りたかったし、そこには個々の生命しか、存在しなかったのである。

重大放送の後も、母たちは看護に出かけていった。その日だったか翌日だったか、看護から帰った母が、あの子の場所に、ほかの男が寝かされていたよ、とぽっつりいった。

はやし・きょうこ（一九三〇～二〇一七）
長崎県生まれ。小説家。著書に「祭りの場」（芥川賞）『上海』（女流文学賞）『やすらかに今はねむり給え』（谷崎潤一郎賞）ほか。一九三一年に一家で中国・上海に渡り、十四歳まで当地で過ごす。四五年三月に長崎へ引き揚げ、八月九日、勤労動員先で被爆。

よみがえる歌

澤地久枝

六年前（一九七三年）の五月十六日付「毎日新聞」に、

「なつかしいナァ　〝廖《リョウ》クン〟
　暁星《ぎょうせい》小　54年目の　同窓会」

と題された記事がのっている。「廖クン」とよばれてなつかしがられているのは、中日友好協会会長の廖承志さん。氏は大正年間に暁星学園の小学校に在籍、四年生の終《お》わりに中退して故国へ帰った。のちに再来日して早稲田《わせだ》大学に学んでいる。

その廖さんをむかえて、暁星小学校の五十四年ぶりの同窓会が都内のホテルでひらかれたという記事である。級友から贈られた小学校の制帽をかぶった廖さんは、茶目っけたっぷりの笑顔で写真におさまっている。

フランス語を教える暁星学園では、小学一年生の頃から、生徒たちが歌いついできたフランス語の歌がある。その歌、「小鳥よ歌え」。

「シャンテ、シャンテ――小鳥よ《プティットアゾー》」

を一人が歌いはじめると、たちまち五十四年の歳月をちぢめる歌声の輪がひろがっていったと書かれている。

この記事を読んで、わたしの耳に別な歌声がきこえてきた。同時に、「ああ、そうだったのか」という深い思いが湧いた。

わたしの母は明治四十〔一九〇七〕年生《うま》れで、小学校六年をおえると、数えの十四歳で女中奉公にやられた。見知らぬ家で雇われ人として過《す》ごす夜、家恋しさ、親恋しさに幾度も泣いたという。

奉公さきはいくつか変《かわ》ったが、九段《くだん》の暁星学園のすぐ近くの邸で働いていたこともあるらしい。

脳出血で急死した母の一周忌をすまして間もない朝、この新聞記事を目にして、私が子供だった頃に母の歌った歌の意味が、霧が晴れるようにみえてきた。母は、

「シャンテシャンテ　プチタゾー」

と歌った。歌詞はつづけてもう幾節かあって、最後にまた「シャンテシャンテ　プチタゾー」のくりかえしになる。

小さいという意味のフランス語「プティット」、そして鳥を意味する「オアゾー」。

この二つをつないで、「小鳥よ歌え」とフランス語で子供たちが歌う声を、あまり年齢のちがわない少女が耳から記憶すれば、たしかにそれは、

「シャンテシャンテ　プチタゾー」

と聞《きこ》えたはずである。

わたしは大学の第二外国語でフランス語をまなんだ。「ラ・マルセイエーズ」の歌詞をかじってみて、

「ゆけ祖国を愛する子らよ」

とでもいうべき「アロン　ザンファン　ドゥ　ラパトゥリィ……」を目にして、ひとつ謎《なぞ》がとけたと思ったことがある。

戦争中、わたしの一家は満州〔現中国東北部〕の吉林《きつりん》市で暮《くら》していた。日本内地に比

べて物資は潤沢にあるようにみえたが、十八〔一九四三〕年、十九年と戦争が激化するにつれ、石炭などの配給もとどこおりがちになった。

わが家は満鉄線路のすぐ近くにあった。十分ほど線路づたいにゆくと機関車庫があり、汽車の釜たきの棄《す》てた石炭ガラがうずたかくなった場所がある。汽車を走らせる原動力となった石炭の燃えガラの中には、燃えてギュッと収縮したような形状の良質のコークスがまじっていた。

中国人は立入り禁止になっている。日本人でもここにそんな「宝物」がひそんでいることを知っている人間はまずいない。着火するまで時間はかかるが、そのあとは煙は出ないし火力も強くて、台所仕事には欠かせない燃料が、ここで拾い出すコークスだった。

機関車庫へゆく一帯は、悪童であったわたしの縄張り、いわば「シマ」みたいなものであり、母がいきなり「宝島」へ出現することなど考えられない。さいしょにみつけたのはわたしだった公算が大きいが、もう忘れている。

母はこの秘密の場所を、おなじ社宅の親しい奥さんに教え、つれだって採掘（？）

に出かけた。若い奥さんは恩義も感じ、母のペースにまかれて子分のようであった。

このコークス拾いの折り折りに、母は不思議な歌を三曲、喉《のど》をそらせて高らかに歌ったのである。アルファベットさえろくに教えられなかった戦時下の女学生であるわたしには、まるきりチンプンカンプンの歌であったが、若い奥さんは感心して聞き惚《ほ》れ、母はいささか自慢げであった。

その歌のひとつが、

「シャンテシャンテ　プチタゾー」

であり、また、

「アロンザファンズ　ラ　パトリ」

という世にも奇妙な歌だったのである。当時フランスは既に敵国であり、ましてやフランス革命から生れたフランス国歌を高らかに歌うなど、もってのほかであった。

母は歌っている歌がなんであるのか知らぬまま、子供の頃に軀《からだ》にしみついた記憶のままに昂然《こうぜん》と歌い、軍国主義の申し子のようないやな娘であったわたしは、無知ゆえにそれが大変なことであることに気づかず、ちょっぴり照れながら母に気押《けお》されていた。

「ラ・マルセイエーズ」の謎がとけたとき、わたしはなぜか母になにも言わなかった。若かったわたしは、人の命や人生の時間について傲慢《ごうまん》であったのだとしか言いようがない。母は死ぬ前にとけたはずの五十余年間の「宿題」に答《こたえ》のないまま死んだ。

そして、「小鳥よ歌え」である。フランス語のこの二つの歌は、暁星学園近くで女中奉公していた母の耳に、繰り返し繰り返し聞えてきた歌であったのであろう。

「こういう意味だったのよ、お母さん」

と言いたかったが、母はすでに永遠の沈黙の世界に去っていた。

コークス拾いで母が歌った外国の歌はもう一曲ある。

「ゴッドセーブアワグレートキング……」ではじまる歌。いまはエリザベス女王の在位中であるから、

「ゴッド　セーブ　アワ　グレート　クイーン」

と歌われる英国国歌。「鬼畜米英」などという言葉が大手をふってまかり通っていた時代に、わが母は知らぬこととはいいながら、その鬼畜の敵国の王に神の加護のあ

らんことを願い、祖国を救うたたかいにふるいたてとフランス人を鼓舞する歌を声も高らかに歌いたもうたことになる。

「百年戦争なんていいながら、郵便ポストまで供出して弾丸をつくるなんていう騒ぎじゃ、この戦争は敗《ま》けるわね」

と言って、小生意気な娘から、

「お母さんは敗戦主義者ね」

ときめつけられた母。しかしその娘も、母が歌う歌の意味も由来も知らず、じっと聞いて記憶の底にしまったのだからまさに顔色なしである。「鬼畜米英」と断定的に思っていたが、その「鬼畜」がどんな言葉で話し、どんな歴史を背負っているのか、わたしはまったく知らなかった。

そして——。

先日、初夏を思わせる陽光の中を、近くの魚屋の主人が乳母車《うばぐるま》を押して坂をのぼってゆくのに出会った。七十年配である。店を仕切っているいなせな息子夫婦に初孫ができたらしい。

乳母車はシンデレラの子がつかうような、黒塗りのクラシックなボディ、日除《ひよ》けからは真白いレースが溢れていた。

幸せそうな祖父は、乳母車を押しながら、おさえようもなく口をついて出たという風情でなにか歌っている。

風がその歌声をわたしの耳へ運んできた。

「ゴッド　セーブ　アワ　グレートキング……」

ああ、このひとも母と同じ世代のひと。コンノート殿下来日記念とかに小学校で覚えた歌と母が語った言葉がよみがえってきた。老いた幸せびとが思わず歌っているなつかしい歌。この光景もまた、母に見せてやりたい印象的な一瞬であった。

さわち・ひさえ（一九三〇〜）
東京生まれ。ノンフィクション作家。著書に『妻たちの二・二六事件』『昭和史のおんな』『14歳〈フォーティーン〉満州開拓村からの帰還』ほか。幼少期に家族で満州に渡る。吉林で終戦を迎えたのち、約一年の難民生活を経て引き揚げる。

夏の太陽

大庭みな子

夏の陽《ひ》が強くなると原爆の雲のことを思い出す。異様な光で打たれたその日のことが、太陽の墜落してくるような恐怖で甦《よみがえ》る。

私は女学校の三年生で、広島から三十キロばかり東、西条《さいじょう》にあった女学校の教室で軍服のシャツのボタン穴をかがっていた。その少し前から、新しい材料がなくなって、それまで裁断からミシン作業をやらされていた私たちは、今まで検査に通らなかったようなはね出し品の整理をさせられていた。

「もう兵隊さんに着せる新しい材料も日本にはないらしい」などという言葉も囁《ささや》かれていた。ひと頃まで「増産、増産」とかけ声と叱咤《しった》で毎日の作業を追い立てられていたのに、うだるような暑さの中で、もう縫う生地もないらしい、糸も針もないようだといった感じが少女たちにも伝わっていた。

私たちは故意にのろのろと作業をし、心の中でほんとうに思っていることは努めて口にしないようにしていた。戦争がどうなるであろうとか、いったいいつまで自分たちは生きられるであろうとかいったことは、言っても仕方ないことであった。

そんな状況は、もう長い間の日常でとり立てて言うことはない、夏の暑さや冬の寒さのようなものであると少女たちは知っていた。

八月六日の朝、世界が瞬時漂白されるような光に打たれて、妙な響きがあった。空襲警報も出ていなかったが、間もなく誰かが広島の方向に妙な雲が湧いていると言った。

みんな窓から首を出してそれを眺めたが、それが何であるのかもちろん見当もつかなかった。しかし少女たちは本能的に異変を感じて沈黙した。

昼近くなってどうやら広島に新型爆弾が落とされたらしいということがわかった。被爆者たちが西条の町にも流れ込み始めたからである。

それまでにも海軍工廠《こうしょう》のあった呉《くれ》空襲のために西条の上空を連日のようにB29の

編隊が行きすぎ、爆弾を落とすのを眺めていた私たちは空襲の災害については大方の知識は持っていた。私たちはむしろ空襲に不感症になっていた。しかし、今度の爆弾はそんなものではないらしい。

一瞬にして街全体が火の海になり、人間が焼けただれるというその状況を、私たちは想像することができなかった。しかし逃げて来た人の血まみれのむごたらしい様子と口吻《こうふん》から、私たちはそれがただごとではないと思った。

終戦までの十日足らず、私たちは伝え聞くその爆弾のことだけを囁き合って過ごした。そして終戦後日を経ず、私たちの学年は全員広島の被爆地の収容所に作業員として動員されたのである。

そのときのことは私の「浦島草」という小説に書いた。私はその作品をできるだけ多くの人に読んで貰《もら》いたいと思っている。どんな言い方をしても、私はその状況を言いつくせたとは思えない。

「浦島草」を書く前にも、私は数限りなく広島の原爆について周囲の人びとに語った。私は三百人の被爆者がいた爆心地の収容所にいた。

そのうち一人と言えど助かったとは思えない。顔かたちもわからぬほどに焼けただれ、蛆《うじ》を這《は》わせながら、まだそのときは息があった人たちの蠢《うごめ》いていた本川《ほんかわ》小学校の収容所で二週間、炊事をして雑炊を配っていたのだ。

三百人のうち毎日数人の人が必ず死んだ。朝、雑炊を配ったときはまだ息があった人が、お昼には死んでいた。死体は校庭に掘った穴に投げこまれて焼かれた。

私たちが毎日お米をといでいた井戸端には無数の白骨が散らばっていた。いや、その辺りには白骨を踏まずに歩ける場所などなかった。八月六日からまだ一月と経《た》っていない広島が白骨の野だったということは、その街が瞬時にしてそうなったことを物語っている。

収容所に収容されていた人びとは、物陰か何かについて瞬時にして焼きつくされなかったというだけの話である。たとえ肉親が来てその顔を見ても、見分けがつかぬほどの形相《ぎょうそう》の人が多かったし、意識も普通ではない人が大部分であった。

私は原爆の話をいろいろな人にした。彼らは顔をそむけ、うつむき、物を言わなかった。私がそういう場面の目撃者であるということを、彼らはうとましく思っているような気配もあった。私自身、そうも思った。

ヒロシマを見た私は、あきらかにそれを見る前の私ではなくなっていた。かつて、夏の太陽は私に白骨の野を思い出させはしなかった。夏の夕べに群がる翅虫《はむし》は、傷口に群がる蠅《はえ》と蛆を思い出させはしなかった。呻《うめ》きと叫びと血と膿《うみ》が、夏の雨と夏の月に重なるようになったのは、十四歳の夏以後のことである。

おおば・みなこ（一九三〇〜二〇〇七）

東京生まれ。小説家。著書に「三匹の蟹」（芥川賞）『寂兮寥兮（かたちもなく）』（谷崎潤一郎賞）『津田梅子』（読売文学賞）ほか。海軍軍医であった父の転任により、呉など海軍の要地に移り住む。西条に住んでいた十四歳の時、広島の原爆投下を目にした。

子供の愛国心

有吉佐和子

紀元二千六百年〔一九四〇年〕を、私はジャバ〔インドネシアのジャワ島〕にある日本人小学校で迎えた。前々から練習していたので、紀元節の当日には「紀元は二千六百年」と勢いよく奉祝歌を合唱することができた。日華事変が起《おこ》ったばかり、大日本帝国は軍国主義的色彩を帯びて世界に冠たる日を夢みていた頃のことである。

幼稚園から六年生まで二百人余りの生徒たちは皆日本人で、先生たちももちろん日本人である。紀元節の二月十一日も灼熱《しゃくねつ》の太陽が輝き、校長先生は水夫のように赤銅《しゃくどう》色にやけた顔で、壇上から校庭に居並んだ全校生徒に訓辞をしていた。「皆さんは、大日本帝国の国民であることに誇《ほこり》を持っていなければならない。日本人は世界第一級の国民なのだ。日本は一等国なのだ。皆さんは、それに恥じることのない立派な日本人になる義務を持っている」

光輝ある二千六百年の歴史を講義した後で、校長先生はすっかり興奮していた。先生はツバを飛ばしながら、一等国民である私たちを激励したのであった。

しかし、そのとき全校生徒の示した反応が私にはそれから十数年後の今もって忘れられない。

彼らは、奇妙な顔をして、校長先生の顔を眺めていた。それは詰《つま》らない芝居の中で俳優一人がシャリンになって大熱演しているのを見ている観客とよく似ていた。

全校生徒の大半は、商人の子供たちだった。彼らは、下町で、華僑《かきょう》やインドネシア人たちの中にはいりこんで生活していた。そこで見た実態は、日本人が一等国の国民であるとは信じられないようなものだったのだ。子供たちにとって、生活を離れた主張も教育も受入《うけい》れることはできなかった。当時オランダの植民地であったジャバでは、白人は総《すべ》てに優位だったし、経済的には華僑をしのぐ日本人が決して多くなかったのである。

全校生徒の頭の上を、校長先生の訓辞は白々《しらじら》しく流れて行った。私ももちろん当時は子供だったから、右のような理屈は考えることもできなかったが、そのときの奇妙な空気はいまだに忘れられない。

校長先生と生徒の間には、これだけのズレがあったが、子供たちが先生と同じように感動することができたものに、祝祭日の「国旗掲揚」があった。日本の青空とは大違いに青い、高い空に、日章旗が上がると、ジャバ生《うま》れの子供も、日本からやってきて間もない子供も、何か晴れやかな気持で仰《あお》ぎ見たものだ。日本が一等国でないことを、生活的に十分知っていた子供たちが、やはり日本人であることを「悪くない」気持になって感じる時間であった。

私たちは、日本から最近やって来た子供を囲んで、何やかや日本の話を聞き出そうとした。桜の花の話が出ると「私は知ってるわ」と相槌《あいづち》を打つ子供がいて、得意そうだった。日本をたつ日は雪だったなどと聞こうものなら、私たちは羨《うらや》ましくて羨ましくて、その子に抱きつかねば我慢がならなかった。日本で生れて、物心ついてからジャバへ来た子供も、一、二年たてばこんな状態になる。そして大人たちと一緒になって、「日本はいい国なのだ」と無条件に肯《うなず》くことができた。

だから私たちは幸福だった。

当時、日本にいる子供たちは、天皇陛下や軍国主義を尊しとする思想を吹きこまれていたようだが、ジャバではその点、周囲が周囲で子供たちの視野も判断力も、日本から来たばかりの先生たちより多分に大人だったので、一等国も一等国民もウ呑《の》みにしなかったのだが、それにもかかわらず私たちは十分に懐《なつか》しき祖国を愛していたのである。一部の大人たちのように日本を素晴らしい国だとは考えなかったが、それでも十分日本を愛することができていた。忠君愛国の、上半分を忘れて国を愛することだけ、チャンとできていたのである。

戦後、忠君につながる愛国の思想は、一部の人は別として、失われた。天皇陛下は国体の象徴となって、象徴に忠義を誓う気は誰も持たなくなった。戦争になっても、自分だけは助かりたいものだと、みんなが考えて、平気でそれを口に出している。世界制覇の野望がなくなってしまったから、天皇陛下を担ぎあげる意義もなくなったのだろう。ここもと皇室を利用するのは政治家ばかりで、皇室の皆さん方は本当にお気の毒の限りだ。私など利用されてばかりいると腹が立ってくる平凡な人間だが、歴代、幕府や軍部や資本家に利用され続けて未《いま》だに誰方《どなた》も爆発しないのは、皇室はやっぱり神さまの末裔《まつえい》なのかもしれない。

冗談はさておいて、自分の子供のころに較《くら》べて、今の子供たちは、自分たちのこの国を、どう考えているのだろうかということを考えてみたい。なんでも天皇陛下一本でまとめあげることのできた時代には、政治も教育も楽だったろうが、絶対の権威というものを失うと人間は強く主張するのが仲々難しいものだから、先生たちは随分大変だろうと思う。このころになっても、厳しい教育方針で進んでいる中学校、高校は、おおむねミッション系である。仏さまやキリストという一つの権威を信奉しているから先生たちは大威張りだ。

だが、多くの子供たちには、権威というものがおしかぶさっていない。子供たちは、誰も日本が世界の一等国であるとも将来そうなるとも考えていない。その点では、私が育ったころの特異な環境と、今の日本はよく似ている。

しかし私には祖国を離れていたという一つの条件があった。日本にいて、日本は小さな国だと知って、その上で勉強している子供たちの愛国心は、いったいどんなものに育つのだろう。

そこで私は、もう一度、海外でのことどもを思い出すのである。日本を離れて日本を最も懐しく思い起すのは、多く情操的な事柄についてであった。春は花が咲き、秋は虫が鳴く、冬は雪が降るといった、四季の変化や折々の些細《ささい》なことに、私たちの国を想《おも》う念はかきたてられた。一口にいって、それらは総て「なごやかな」ことどもであった。そういうものによって支えられている愛国心は、しかし決して頼りないものではない。軍国主義時代のヒステリックな強さはないが、それだけもろく壊れる心配もないと思う。

日本の国の中には、絶えずいらいらと風波が立ちさわいでいるけれども、せめて子供の生活の周囲には穏やかな美しいものを充たしておきたいと、私は私の子供のころを省みて、こう考えているのだが。

ありよし・さわこ（一九三一〜八四）

和歌山県生まれ。小説家。著書に『華岡青洲の妻』（女流文学賞）『出雲の阿国』（芸術選奨文部大臣賞ほか）など。父の転勤により小学校時代をジャワ島で過ごし、一九四一年に帰国。四五年四月、東京の家を空襲で失い静岡へ疎開。次いで移った和歌山で終戦を迎える。

スルメ

黒柳徹子

生《うま》れて初めてスルメを食べたのは、自由《じゆう》ヶ丘《おか》の駅で、私は、小学校の低学年だった。私の小学校は自由ヶ丘にあった。もう、その頃は、だんだん戦争がひどくなり若い男の人は、兵隊さんとして出征していく時代だった。

あの頃を思い出すと、駅は、賑《にぎ》やかだった。女の人は、日本手ぬぐいくらいの千人針という白い布地を手にして、改札口のあたりに立っていた。そして通りがかりの女の人に、赤い糸を通した針を渡しては、一つずつ縫玉《ぬいだま》（たんこぶ）を作ってもらっていた。一枚の布に千人のたんこぶが集まると、千人の心が集まったことになり、武運長久《ちょうきゅう》、兵隊さんを守ってくれる、という思いだったのだと思う。駅が賑やかだったのは、千人針を手にした女の人、たいがい若い奥さんや、お母さんが多かったけど、出征兵士を送る、というグループがいた事だった。出征していく兵隊さんは、カーキ色の軍服を着て、軍帽をかぶり、たいがい肩からカバンをかけていた。それくらいで、荷物というものは、なかったように思う。いま、旅行というと、みんな大きい旅行カバンを持って家を出るけど、戦地に行く兵隊さんは、考えると、何年も行くかも知れないのに、小さい肩からかけるカーキ色の布地のカバンの他に何も持っていなかった。それを考えるだけでも、胸が痛くなる。

それでも、はじめの頃、出征して行く兵隊さんは、革の、足首くらいまでの紐《ひも》のついた靴をはいていたけど、終戦の前の年に出征した私の父は、もう革靴がなくて、地《じ》下《か》タビをはいて出征して行った。もう、何も戦う物がないのに、まだ、政府は国民に勝っていると嘘《うそ》をついて、命を捨てさせるために、召集していたのだ。父と同じ頃、雨の中、東大ほか七十七校の学生が学徒出陣といって、二万五千人も出征させられていった。これは、戦後、よくニュースに映るので、ごらんになったかたも多いと思う。

駅の改札口の所に、出征する兵隊さんと、その家族が並ぶと、隣り組の人たちとか、かっぽう前かけに、ななめに「在郷婦人会」というようなタスキをかけた女の人たちが、ぐるりと、とりまき「○○君、万歳！」と叫んで、手をあげた。兵隊さんや家族は「ありがとうございます」と、おじぎをし、兵隊さんは「行ってまいります！」と敬礼をし、「万歳！　万歳！」の声に送られて、駅から出征して行った。たいがい見送る人たちは、紙の日の丸の小旗を持っていて、「万歳！」といいながら振った。

スルメが、ふるまわれたのは、そういう時だった。いつ頃からか分からないけど、関係者じゃなくても、旗を持って、出征兵士を送りに来ました、というと、焼いて細く、さいたスルメを一本手渡してくれた。もう長いこと、お菓子など、甘いものが何もない時代だったから、おやつを食べた事は、なかった。だから、スルメをもらって食べた時のおいしさは、いいあらわせない幸せだった。かめばかむほど味が出るスルメを、そのとき、私は初めて食べて（こんなおいしいものが、この世にあるだろうか？）とさえ思った。スルメがイカで出来てる、という事を知らなかった私は、ああいう細い、さけるものをスルメというのだと思ったから、身近のものの中に、スルメがないかと探した。

「あった！」私のお弁当箱を入れる赤いチェックの袋の、手さげの部分の布が、少しさけていてスルメのように見えた。私は、口に入れてみた。でも布地の袋は、ちょっと見にはスルメのようでも、味はなかった。やっぱり自由ヶ丘の駅に行かないとダメだ。それから私は、学校の帰りに走って行っては、人が集まっていないか探し、集まっていると、旗を手にして、「スルメ下さい」といって、ほんとに細くさいたスルメを一本もらった。(ああ、おいしい！)みんなが万歳！　万歳！　といってるそばで、私はスルメをもらう事に熱心だった。

時々、行くと、誰もいない事もあったけど、辛抱《しんぼう》づよく待っていると、少しずつ集まってきて、「××君、万歳！」と、なるのだった。私は、スルメが欲しくて、毎日のように、参加した。兵隊さんは、次々と敬礼をして出て行った。でも、そのうち、もっと物がなくなり、スルメも出なくなった。私は、スルメがもらえないのなら、と段々、お見送りをやめてしまった。そして、空襲がはじまった……。

戦後、自分が戦争に加担していなかったか、と考えるチャンスが何度かあった。私は、小学生だったんだから、と、そのことについては深く考えはしなかった。でも、ある日、突然、このスルメのことを思い出した。いくら小学生だったとしても、日の丸の旗を振って「万歳！　万歳！」と送り出した兵隊さんの、一体、何人が帰って来たのだろう。若い兵隊さんは、みんなの声に、はげまされて出征して行って、帰って来なかったのかも知れない。いくらスルメが欲しかったからといって、私は、旗を振ったことが、くやまれた。私だって、戦争に加担したんじゃないか……。たとえ小学生であっても、申し訳ない事をしてしまった、と、私は、自分を責めた。このことは、ずっと、私の心のどこかに、ひそんでいた。

数年前、テレビで、画家の、いわさきちひろさんが取り上げられた事があった。私は、東京のちひろ美術館の館長という事もあり依頼があって出演した。ちひろさんが戦争中、満州〔現中国東北部〕に行き、呑気《のんき》にスケッチ旅行をして来た事、お母さんが国の依頼で満州の開拓に行った男の人たちに花嫁を送る仕事をしていた事。その人たちの間に生れた子どもは多く中国残留日本人孤児になった。こういう事が、どれだけ、ちひろさんを苦しめたかわからない、という話になった。

そのとき、私は、自分のスルメの体験の話をした。そして、私ですら、こんなに苦しむんだから、大人になっていた、ちひろさんが、「自分は、なんて、何もわかっていない人間だったんだろう」と、自分をせめた事は、よくわかる。そのこともあって、ちひろさんは、あんなに沢山《たくさん》の可愛《かわい》い子どもを描き続けたんだろう。「こういう可愛い子どもたちを泣かさないで」という気持ちをこめて、というような話をした。

その番組が放送されたあと、私は手紙を受け取った。男の人からだった。「私は、戦争中、若くして出征し、兵隊として、命がけで戦いました。そして、運よく帰って来ましたが、結局、誰も責任をとってくれないことに苦しみました。戦友も沢山死にました。私は、ずっと憤《いきどお》って、これまで生きて来ました。でも、今日、あなたのスルメの体験を知り、あなたの気持ちを聞きました。あなたのように、あのときの気持ちを忘れないでいる人がいる事を知りました。そのとき、私は、ああ、もう、いいじゃないか。あのときの大人を許そう、という気持ちになったのです。ありがとうございました。長かった年月でしたが、今日、私は解放されました。本当にありがとう」。

私も、このとき少し許されたような気がした。そして、戦争が一度はじまると、そのとき生きてた人間は、すべて、どんな年齢の人も傷つくのだ、という思いを、私は、ますます、つよくしたのだった。

195　スルメ（黒柳徹子）

くろやなぎ・てつこ
東京生まれ。女優、タレント、司会者、エッセイスト。著書に『窓ぎわのトットちゃん』『トットひとり』ほか。東京大空襲の後に疎開した青森県で玉音放送を聴いた。ヴァイオリン奏者だった父は戦後シベリアに抑留され、一九四九年末に帰国した。

サハリン時代

吉田知子

私の場合、今でもどこかで尾を引いていると思われるのは十二歳の一年間の経験である。

父の転勤のため私たちは二十〔一九四五〕年の二月にサハリンへ渡った。その年八月敗戦。サハリンはソ連軍の占領下に入る。日本への引き揚げは許されなかった。

私にとっての第一の事件は八月末のソ連軍の爆撃だった。日本内地の各地では空襲はしばしばあり、凄惨《せいさん》な経験をした人も多いだろうが、それまで満州〔現中国東北部〕にいた私にとっては初めてのことだった。しかも、出産のため入院中の母に付き添っていたので避難することもできなかった。第二は父がソ連軍に連れて行かれたこと。三番目に母が勤めたこと。働かないと石炭も食糧も貰《もら》えない仕組みになったのだった。

だが、それらはすべて外的条件だった。当時小学校六年生の私は女学校へ入るための猛勉強を強いられていた。教室の後ろに相撲《すもう》の番付表のような大きな表があってテストによって毎日順位が変わる。私は一番から三、四番の間を上下していたから落ちまいとして必死だった。樺太《からふと》庁立の女学校は難関で高等科からでないと入れないと言われていたのである。

問題は志望の女学校へ首尾よく好成績で合格してからである。ここで周囲を見る余裕ができた、というわけだろうか。当然、知らない先生、知らない級友ばかりである。家へ帰っても母はいない。家も今までの大きな家を追い出され、小屋のような二間きりの家へ移っている。

級友は少しずついなくなった。日本へ密航するため港町へ一家で移動するのである。先生もいなくなる。当然出席などはとらない。級友や先生だけではない。ある日気がつくと隣保《りんぽ》で残っている日本人は、うちと魚屋のおじいさんだけになっていた。その老人はなぜか一人だけ残ったのだ。吹雪《ふぶき》の日、彼はナナカマドの木に首をつって死んだ。八月二十一日生まれの私の弟が生後六時間で死んだのも前日までいた産科の医師が急に日本へ引き揚げていなくなったからだった。

私は学校をサボるようになった。毎日のように焼け跡にできた闇市をさまよった。小学校の頃の同級生にくっついて郊外へジャガイモの買い出しに行ったこともある。面白半分にソ連軍の軍事基地へもぐりこんでソ連兵にマンドリンと言っていた回転銃で追いたてられたり。もっとも、彼女の家は子沢山《こだくさん》で彼女は重要な働き手だったから、そうそう私と遊んでもいられない。大部分の日は私一人で浮浪児同然に町をうろついた。母の帰宅前には家へ戻り、学校へも時には顔を出すという要領のいい準浮浪児だったが。

そこでは、いるべき人間がいなくなっても、死んでも、気にする人は誰もいなかった。私を縛るものも何もない。日本へ引き揚げるまでの一年間、私は気ままに好きなところへ行き、好きなことをして暮らしていた。よくも悪くも、その経験が今の私に色濃く残っているのである。

よしだ・ともこ（一九三四〜）

静岡県生まれ。小説家。著書に「無明長夜」（芥川賞）『満州は知らない』（女流文学賞）『箱の夫』（泉鏡花文学賞）ほか。陸軍中佐だった父は敗戦後ソ連軍に連行され、長らく消息不明だった。一九四七年三月に処刑されたとわかるのは、九三年になってからである。

戦争の〈おかげ〉

中村メイコ

私の父中村正常《まさつね》は、昭和三、四〔一九二八、二九〕年頃から十年あまり、ある種の活躍をした小説家であったが、この国がそろそろ第二次世界大戦に入りかけていた頃、国が活字の世界にまでいろいろ規制を強いて、つまり、戦争文学めいたものを書かないと作家活動がしにくくなったことに、非常に腹を立てたというか、挫折したというか、母の苦労も顧みず、「もう、こんな時代の文学を書くのはやめた」と言って、自分から早々と筆を折ってしまった人である。

そんな父は母に言ったそうだ。

「愚かな戦争だ。でも、この愚かな戦争はそう長くは続かんよ。たちまちのうちにけりがつくだろう。その間、しかたがないから、小生はしばし冬眠するぞ。冬眠中の生活のやりくりは、君が悪知恵以外の知恵を全部使って何とかしてくれ。戦争が終わり、そして、小生が冬眠から覚めた時、おそらく曲がりなりにもいい時代が来るだろう。だが、小生はもう間に合わん。でも僕たちの一人娘、この子はまだ間に合う。この子が物心ついてからしばらくの間は、おそらく今よりはもっともっと上等な時代が続くだろうさ。そんな時のために、小生はただ冬眠するんじゃない。大げさに言えば、次期世代を担うこの子のために、平和な時代を生きていくために困らないだけの教育を自分でしてみようと思う」

そんな宣言をして、父は学校教育というものをいっさい受けさせないで一人娘の私を教育した。

東京に初めて空襲というものがあった時、父は震え上がって、「かなわん、かなわん。こんな危険なところにこの子を住まわせておいてはいかん。どこかへ逃げだそうや」と言って、大きな地図を広げ、奈良県と京都のちょうど中間あたりを指さして、「このへんに行こう、明日行こう」と言った。

そのあたりに縁もゆかりもない母はびっくりして、「どうして?」と聞いた。父はにこにこ笑いながら、「アメリカさんは文化財のあるところにはおそらく爆弾は落とさんよ。だからこのへんが安全なんだ」——。

そしてわが家は、早々と荷物をまとめ、なんの知り合いもいない奈良県と京都あたりを目指して汽車に乗る。

大阪に着いて、私鉄に乗り換え、父が、「あっ、ここはなかなかいい村だ。静かで奇麗じゃないか」と言う駅に、親子三人降り立った。父は胸からぶらさげていたメガホンで、その小さな田舎の駅のホームで怒鳴ったものだ。

「どなたか親子三人ほどが暮らせる家、いいえ、一軒とは申しません。離れなどお貸しくださる方はありませんかな！」

メガホンで三回ほど父が大きな声でそう怒鳴ると、「ああ、どうぞ」という奇特な方があって、私たち一家は終戦までその村に住みつくことになる。当時の呼び方でいうと、奈良県生駒《いこま》郡富雄《とみお》村という奇麗な村であった。

「『うちてしやまん』とか、『欲しがりません勝つまでは』とか、そんなことは俺はいっさい言わんぞ。学校へ行くと君は、『今戦っている敵なんだからアメリカを憎め』

と教わるだろう。『英語を使うな』と言われるだろう。でも、そんなことは無意味だ。子どものうちになるべくシェイクスピアを読め。アメリカの絵を観《み》ろ。もちろんフランスもイタリアもだ」

そんな父に育てられて私は大きくなってしまったのだが、日本語というのは面白くて、〈おかげ〉という言葉にいろいろな意味が含まれている。本当に心から素直に「おかげさまで」という〈おかげ〉と、「あの人のおかげで損しちゃった」という場合の〈おかげ〉。この二種類がみごとに日本語の中に魅力を持って生きている。そのどちらの意味も含めて、戦争の〈おかげ〉で私はいろんな得をしたと思っている。

この国の小学校が国民学校という名称にいっせいに塗りかえられた昭和十六〔一九四一〕年の私は、一年生である。そんな時代の教育を受けないで父と向き合って過ごした。源氏物語だのシェイクスピアの研究だのは、非常に面白かった。このへんは素直に、戦争の〈おかげ〉で私はある種の得をしたと思っている。

そしてまた、二歳半から女優であった私は、戦争の後半はもっぱら軍隊の慰問に追い回された。「軍歌だけはうたってくれるなよ」という父のへんな注文のおかげで、私は、苦笑いしながら父が作った、苦しまぎれの、童謡ともシャンソンともつかぬ、へんてこりんな歌をうたって、もっぱら特攻隊の基地をめぐった。

そんな私が、終戦とともに初めてやった仕事というのは、同じ慰問でも進駐軍の慰問というやつであった。こんなひっくり返しに、しらけることもなく、強くたくましく生きてこられたこの世代は、これもやはり戦争の〈おかげ〉であろうか。

なかむら・めいこ（一九三四〜）
東京生まれ。女優。二歳八ヵ月で子役としてデビュー。著書に『ママ横をむいてて』『メイコめい伝』『人生の終いじたく』ほか。軍隊の慰問のため赴いたのは、鹿児島・知覧やアッツ島など。軍事機密として、行き先は伏せられたままの訪問だった。

青い空、白い歯

佐野洋子

昭和十九〔一九四四〕年に北京《ペキン》から大連《だいれん》に移った。父の転勤だった。父は満鉄調査部という、あとで知るが、スパイ活動などもやっていた部署の学術調査団で、「中国農村慣行調査」という民俗学のようなことをやっていたらしい。しょっちゅう出張に行っていた。奥蒙古《おくもうこ》や、やたら辺鄙《へんぴ》なところに行っているらしく、帰って来ると食べたことも見たこともないあめやら菓子の土産物《みやげもの》が嬉《うれ》しくてトランクをあける父の前にペタッと座って胸をどきどきさせていた。

五歳だった。幼稚園に行ったが、三日ほどでやめてしまった。ブランコに乗ると、目のつり上がった三角顔の男の子がブランコを横にゆらして私のブランコに激しくぶつけて来た。次の日から私は家の前のアカシヤ並木の下にしゃがんで、土を釘《くぎ》でほじくったりしていた。二、三日たつと幼稚園の子ども達が通りを行列して横切っていた。皆キャアキャア叫び、リュックサックをしょって、水筒をぶらさげて、嬉しさと楽しさが固まりになって移動して行った。しまった、私は自分が幼稚園をやめてしまったことを心底後悔したが、人生にはとり返しがつかないことがあると子ども心に納得した。そしてまたしゃがんで土をほじくり返した。

昭和二十〔一九四五〕年四月に小学校に入った。赤レンガ造りの立派な学校だった。私のクラスは魚住シズカという若い先生だった。昼は食堂で食べた。広い食堂のテーブルには白いテーブルクロスが設置されデザートにアイスクリームが出ることもあった。アルミだったのだろうが、皿は銀色に光っており、楕円形《だえんけい》で中が三つに仕切られていたが、皿の中身は何一つ覚えていない。アイスクリームしか記憶にない。魚住先生は私が嫌いらしかった。隣の席のハナハタ君が、授業中私のスカートの中に手をつっこんで来るのだ。そのたびに私は大声を上げ、先生は近づいて「どうして佐野さんは静かにできないの」と言ったが、私はハナハタ君がスカートの中に手を入れて来ると言えなかった。

ルーズベルトが死んだ日のことを覚えている。社宅の裏庭の生け垣の側《そば》で、六年生のカッチャンが、「ルーズベルトが死んだ、勝った勝った」と踊り狂っていたのだ。異様な熱狂はすぐ子分共に伝染し、私達は五、六人で、「ルーズベルトが死んだ、死んだ」と輪になって踊り回った。そのあと、そのへんの枝をひろって、生け垣をバシバシたたき回った。私はルーズベルトの写真も見たことがなく大統領という言葉さえ知らなかった。アメリカの天皇だろうと思った。アメリカの天皇が死んだんだから、日本の天皇陛下は生きているから勝ったんだと思ったのかも知れない。夕方だったのか曇った日だったのか、暑くも寒くもなく、今でもその情景は透明な灰色である。

あとで知ったが、ルーズベルトは四月十二日に死んでいる。

八月十五日、大人たちはひそひそしていた。家には父の親友の山口さんの奥さんが来ていた。山口さんの小父《おじ》さんはほんの少し前赤紙が来て徴兵されていた。もう三十を過ぎていたと思う。奥さんは二十五歳くらいだったのだろうか。小父さんが出征した日、うちのたたみの部屋で小母《おば》さんがたたみにつっぷして身をよじって変な大声を出して泣いていた。のたうち回っている感じだった。私は子どもだったがなんだか見てはいけないものだけどずっと見ていたいものを初めて見た。山口さんの小母さんは白くてむっちりしていた。

その日私達は十二時に学校の校庭に集まった。ものすごい晴天だった。私の一生の中で大連の昭和二十年八月十五日より青い空はない。あの日の光より明るい天気を知らない。生徒の前に先生達が一列に並んでいた。異様な空気だった。私は覚えていない。軍服に黒いブーツをはいた校長が、何か話していた。何を言っていたのか覚えていない。すると拡声器から大きなザーザーザーという音がした。鉄板に砂を流すような音だった。男の子が「天皇陛下の声だ、天皇ヘイカだ」と小さい声で言い、それがさざ波のように伝播《でんぱ》して行った。ブツブツにとぎれて変な声がきこえる。フツウの人の声と話し方ではないのである。ザーッザーッの中から「タエーガタキヲタエ、シノービガタキヲシノビ」という声がきこえた。その声だけがザーッザーッの中から現れたのである。私はあんまり変なことばと調子だったので、自然に笑いが腹から湧き上がるのである。周りを見ると皆下を向いてやっぱり笑うのをがまんしている男の子たちの顔があった。しかし、生まれて初めて人々は天皇の声をきくのである。異様な緊張も張りつめていたのである。

そのあとのことは覚えていない。校長がまた何かを言ったはずである。ゾロゾロと近所の子と帰った。家へ入ると、母と山口さんの小母さんは、ハンカチで目を押さえて泣いていた。今度は小母さんはちゃんと座って、静かにハンカチで涙をふいていた。いやな感じがした。「負けたの」と私が言うと、母が「終《おわ》ったの」と言った。「勝ったの」とまたきくと母は「終ったの」と言った。私が裏庭に出ると子ども達が集まってガヤガヤした。私はボスのカッチャンの側に行った。カッチャンは「負けたんじゃない、終ったんだ」と母と同じことを言っている。カッチャンは「負けたんじゃないから勝ったんだ」と言った。「終ったことは、勝ったんだ」と誰かが言った。「勝った、勝った」と皆が叫んだが、そこにいた全部の子どもが、何かインチキくさい匂いを感じていた。「ワーイ勝った、勝った」。皆、またルーズベルトの時と同じに踊り狂いだした。その踊りはルーズベルトの時と何か違っていた。どこか心棒が抜けているような気がした。勢いも弱いのである。私達は勝った、勝ったと踊りながらはっきりと負けたんだと自覚したような気がする。

　それから表通りにゾロゾロと出て行きペタンと並んで座った。通りはしんとして誰も歩いていなかった。あんなしんとした街はあの日の前も後もなかった。年かさの女の子が、目の前のアカシヤの木にとびついて、葉っぱをむしった。アカシヤは細い茎に楕円形の葉が十枚くらい並んでいる。私達はいつもそれでイロハニホヘト遊びをしていた。自分の葉っぱを決めて、その葉の先を少し切る。そして根本の葉からイロハニホヘトと数え「ト」になった葉っぱを捨てる。それをくり返す。二度目くらいで、自分の葉っぱが「ト」になれば捨てられて負けであるが、運よく自分の葉っぱだけが残ると勝ちである。あの時五、六人の子どもがいた。カッチャンもイロハニホヘトと数えていた。なんだか皆仕方なしにイロハニホヘトをやっているだけで心の中がウロウロしていた。空は青く、ピカピカした明るいアスファルトの通りが白く光っていた。

　その通りを一人の九歳か十歳くらいの中国の男の子がはだしで石炭の袋をかついで歩いて来た。顔も手足も真っ黒である。もしかしたら上半身は裸だったかも知れない。よく見る風景だった。そういう子どもがたくさんいたのだ。そういう中国人の大人も見慣れた人達だった。明るい大通りをその子一人で歩いて来た。そして私達の方に顔を向けて、歯をむき出してにやっと笑った。笑ったまま、歩き続け私達の前を通りすぎても顔をよじって笑い続けて行った。顔も体も石炭で真っ黒なので笑ってはみ出た歯が異様に白かった。それは天皇陛下のザーッザーッ放送よりショックだった。その子に、座り込んでいた子ども達は一様にこん棒でなぐられたように固まった。その時カッチャンが小さい声で言った。「勝ったと思って」「いい気になって」「チャンコロのくせに」それをくり返した。私もしり馬にのった。あの時決定的に皆わかった。負けたということが。そして、皆何もわかっていなかった。私達がどうなるのか。

二学期になって初めて学校に行った。どやどやと座ったばかりの時、先生が荷物を全部持って廊下に出なさいと言った。そのまま階段を降り始めた時、下から中国人の小学校の生徒がどーっと列になって上がって来た。中国人の小学生は八月十五日のはだしの子どもと同じ笑い顔をして歯を出していた。私達は無言のまま階段ですれちがい、それが学校に行った最後の日になった。先生は何も言わず私達も押しだまったまま家に帰った。私は真新しい六角形に折った紅白のはちまきを机のふたの下に忘れて来た。

私はそれだけが、惜しかった。

さの・ようこ（一九三八〜二〇一〇）
中国・北京生まれ。絵本作家、エッセイスト。絵本に『わたしのぼうし』（講談社出版文化賞絵本賞）『100万回生きたねこ』、エッセイに『神も仏もありませぬ』（小林秀雄賞）『シズコさん』ほか。満州（現中国東北部）の大連で終戦を迎え、四七年に一家で帰国。

関連年表

年	月日	出来事
1931(昭和6)	9・18	満州事変勃発。
1932(昭和7)	3・1	満州国建国宣言。
1933(昭和8)	3・27	日本が国際連盟脱退を連盟事務総長に通告。
1936(昭和11)	2・26	陸軍の皇道派青年将校がクーデターを企て武装蜂起(二・二六事件)。
1937(昭和12)	7・7	北京郊外の盧溝橋で日中両軍が衝突。日中戦争始まる。
1938(昭和13)	4・1	国家総動員法公布。議会の承認なしに経済や国民生活を統制する権利が政府に与えられる。
	4・10	灯火管制規則実施。夜間の空襲に備え、光が戸外に漏れないよう対応を義務づけた。
1939(昭和14)	3・30	文部省、大学での軍事教練の必修を通達。
	7・8	国民徴用令公布。
	9・1	ドイツ軍がポーランドに侵攻、第二次世界大戦始まる。
1940(昭和15)	9・27	日独伊三国同盟締結。
	10・12	大政翼賛会発足。
	11・10	紀元二千六百年記念祝賀行事。14日まで各地で提灯行列や旗行列などが続く。

1941（昭和16）	3・1	国民学校令が公布され、尋常小学校が国民学校に改称される。
	4・1	生活必需物資統制令公布。日用品全般の統制が始まる。
	12・8	日本軍、英領マレー半島と米ハワイの真珠湾を奇襲攻撃。太平洋戦争始まる。
1942（昭和17）	4・18	米軍機による日本本土初空襲。
	6・5	ミッドウェー海戦。空母4隻を失う大打撃を受ける。
	7・8	文部省、女子教育の重点を家事、理科、実業に置き、学校修練のための時間を外国語教育から割くよう通達を出す。
		この年、「欲しがりません勝つまでは」が流行語に。
1943（昭和18）	4・18	山本五十六連合艦隊司令長官、ソロモン群島上空で戦死。6・5国葬。
	6・4	閣議にて、戦時衣生活簡素化実施要綱を決定。防空頭巾、もんぺ、国民服を常用することに。
	6・25	閣議にて、学徒戦時動員体制確立要綱を決定。敗戦までに約300万人を動員した。
	9・23	閣議にて、国内必勝勤労対策を決定。17職種への男子就業を禁止し、25歳未満の女子を勤労挺身隊として動員。
	10・21	文部省主催の出陣学徒壮行会が明治神宮外苑競技場で挙行される。
1944（昭和19）	1・18	閣議にて、緊急学徒勤労動員方策要綱を決定。学徒を年間4ヵ月以上継続して勤労動員することに。
	3・7	閣議にて、決戦非常措置要綱に基づく学徒動員実施要綱を決定。中等学校以上の学徒を通年動員。全国の学徒は4月半ばごろより続々と軍需工場へ動員された。

	5・16	文部省、学校工場化実施要綱を発表。学校が工場や病院として使用されるように。
	6・30	閣議にて、学童疎開促進要綱を決定。7・20文部省、学童集団疎開の範囲を東京都のほか12都市にも拡大。45年には全国で45万人の児童が疎開していた。
	7・7	サイパン島陥落。日本は制空権を失う。本土のほとんどがB29の攻撃範囲となる。
	8・4	最初の学童集団疎開が実施される。同日、閣議にて国民総武装を決定。竹やり訓練などが本格化。
	8・23	女子挺身勤労令公布。12～40歳の未婚女性を軍需工場などへ強制動員。同日、学徒勤労令公布。学徒動員が法制化される。
1945（昭和20）	3・10	東京大空襲。
	3・13	大阪大空襲。以降、「大阪大空襲」と呼ばれる大規模空襲は8度に及ぶ。
	4・1	米軍、沖縄本島に上陸。
	5・7	ドイツ無条件降伏。
	6・23	沖縄での組織的戦闘が終わる。
	8・6	広島に原爆投下。
	8・8	ソ連、対日宣戦布告。満州・朝鮮・樺太へ侵攻。
	8・9	長崎に原爆投下。
	8・14	御前会議、ポツダム宣言受諾を決定。翌15日、天皇による戦争終結の詔書が放送される（玉音放送）。
	9・2	日本政府、東京湾に停泊する米戦艦ミズーリ号上で降伏文書に調印。

初出・底本一覧

若い日の私（瀬戸内寂聴）
初出・底本　「毎日新聞」一九八六年五月八日

美しい五月になって（石井好子）
初出・底本　『思い出はうたと共に』人文書院、一九八〇年十月

私を変えた戦時下の修学旅行（近藤富枝）
初出　「朝日新聞」二〇〇一年十二月十日夕刊
底本　日本文藝家協会編『落葉の坂道』光村図書出版、二〇〇二年六月

十五日正午、緊迫のＮＨＫ放送室（近藤富枝）
初出　「文藝春秋」二〇〇五年九月号
底本　日本文藝家協会編『意地悪な人』光村図書出版、二〇〇六年六月

「サヨナラ」がいえなかった（佐藤愛子）
初出　不詳
底本　『こんな幸福もある』角川文庫、一九八二年五月

空襲・終戦・いさぎよく死のう（橋田壽賀子）
初出　「毎日新聞」一九八四年八月七日
底本　『こころ模様』中公文庫、一九九〇年二月

海苔巻きと土佐日記（杉本苑子）
初出　『日本古典評釈・全注釈叢書』月報六、角川書店、一九六七年八月
底本　『片方の耳飾り』中公文庫、一九八四年一月

続　牛乳（武田百合子）
初出　「草月」一九八一年八月号

底本　『武田百合子 全作品5　ことばの食卓』中央公論社、一九九五年二月

半年だけの恩師（河野多恵子）
初出　佼成出版社編『忘れえぬ出会い』佼成出版社、一九七一年七月
底本　『河野多恵子全集』第十巻、新潮社、一九九五年九月

はたちが敗戦（茨木のり子）
初出　堀場清子編『ストッキングで歩くとき』たいまつ社、一九七八年五月
底本　『茨木のり子集　言の葉1』筑摩書房、二〇〇二年八月

人間が懐しい（石牟礼道子）
初出　「潮」一九七二年五月号
底本　『石牟礼道子全集・不知火』第五巻、藤原書店、二〇〇四年九月

親へ詫びる（森崎和江）
初出　「エルナイン」一九九〇年五月号
底本　『森崎和江コレクション　精神史の旅　1　産土』藤原書店、二〇〇八年十一月

戦争（馬場あき子）
初出　「本」（講談社）一九八七年十二月号
底本　『馬場あき子全集』第十一巻、三一書房、一九九七年七月

敗戦の夜（馬場あき子）
初出　「本」（講談社）一九八七年八月号
底本　『馬場あき子全集』第十一巻、三一書房、一九九七年七月

「田辺写真館」焼失　母は強し（田辺聖子）
初出・底本　「文藝春秋」二〇〇七年九月号

めぐり来る八月（津村節子）
初出　「朝日新聞」一九九八年八月九日
底本　『合わせ鏡』朝日新聞社、一九九九年五月

葦の中の声（須賀敦子）
初出　「国語通信」一九九二年初秋号、同年八月
底本　『須賀敦子全集』第四巻、河出文庫、二〇〇七年一月

被爆前後（竹西寛子）
初出　「伝統と現代」一九六八年十一月号
底本　『竹西寛子著作集』第四巻、新潮社、一九九六年六月

一個（竹西寛子）
初出　「朝日新聞」一九八三年八月二十一日
底本　『竹西寛子著作集』第五巻、新潮社、一九九六年六月

にがく、酸い青春（新川和江）
初出　「季刊日本のうたごえ」一一六号、二〇〇二年五月
底本　『詩の履歴書　「いのち」の詩学』思潮社、二〇〇六年六月

ごはん（向田邦子）
初出　「銀座百点」一九七七年四月号（原題「心に残るあのご飯」）
底本　『向田邦子全集　新版』第五巻、文藝春秋、二〇〇九年八月

か細い声（青木玉）
初出・底本　「現代」二〇〇五年九月号

国旗（林京子）
初出　「群像」一九七六年十二月号
底本　『林京子全集』第七巻、日本図書センター、二〇〇五年六月

終戦の日（林京子）
初出　「神奈川新聞」一九八三年八月二十九日
底本　『林京子全集』第七巻、日本図書センター、二〇〇五年六月

よみがえる歌（澤地久枝）
初出・底本　『ぬくもりのある旅』文藝春秋、一九八〇年十月

夏の太陽（大庭みな子）
初出　「毎日新聞」一九八三年八月六日夕刊
底本　『大庭みな子全集』第二十三巻、日本経済新聞出版社、二〇一一年三月

子供の愛国心（有吉佐和子）
初出・底本　「週刊朝日」一九五九年九月六日号

スルメ（黒柳徹子）
初出　「小説新潮」二〇〇六年三月号
底本　『小さいころに置いてきたもの』新潮文庫、二〇一二年三月

サハリン時代（吉田知子）
初出　「朝日新聞」一九八八年六月五日（原題「サハリンでの一年」）
底本　『客の多い家』読売新聞社、一九九二年十二月

戦争の〈おかげ〉（中村メイコ）
初出・底本　「知識」一九八五年九月号

青い空、白い歯（佐野洋子）
初出　岩波新書編集部編『子どもたちの8月15日』岩波新書、二〇〇五年七月
底本　『問題があります』ちくま文庫、二〇一二年九月　©JIROCHO, Inc.

この本について

『少女たちの戦争』は、一九四一（昭和十六）年十二月八日の太平洋戦争開戦時に、満二十歳未満だった女性によるエッセイを著者の生年順に収録したものです。全二十七名のうち最年長は、一九二二（大正十一）年五月生まれの瀬戸内寂聴さんで当時十九歳、最年少は三八（昭和十三）年六月生まれの佐野洋子さんで三歳です。一九三一年九月に満州事変があり、三七年七月には日中戦争が始まり、四五（昭和二十）年八月十五日まで、十五年間戦争が続きました。彼女たちが物心がついたときにはすでに日本は戦時下にありました。

非常時が日常となった日々のなかで、幼少期・青春期を送った彼女たちは何を思い、どう過ごしたのか。ここに収めた文章は必ずしも戦争をテーマにしたものばかりではありません。むしろ、従来の戦争の記録からはこぼれ落ちてしまいそうな、戦時下の何気ない日常が垣間見えるものを選んでいます。

少女たちには、少女たちの戦争があり、日常がありました。〈男たちの戦争〉から最も遠い、弱く小さき者の声に耳を傾けていただきたいと思います。

中央公論新社編集部

カバー・扉イラスト　こうの史代
（©こうの史代／コアミックス）
装　幀　中央公論新社デザイン室

少女《しょうじょ》たちの戦争《せんそう》

二〇二一年一一月一〇日　初版発行
二〇二二年　五　月二五日　三版発行

編　者　中央公論新社《ちゅうおうこうろんしんしゃ》
発行者　松田陽三
発行所　中央公論新社
〒一〇〇‐八一五二
東京都千代田区大手町一‐七‐一
電話　販売　〇三‐五二九九‐一七三〇
　　　編集　〇三‐五二九九‐一七四〇
URL https://www.chuko.co.jp/

DTP　市川真樹子
印　刷　大日本印刷
製　本　小泉製本

© 2021 Chuokoron-shinsha
Published by CHUOKORON-SHINSHA, INC.
Printed in Japan　ISBN978-4-12-005476-1 C0095
定価はカバーに表示してあります。
落丁本・乱丁本はお手数ですが小社販売部宛お送り下さい。
送料小社負担にてお取り替えいたします。
●本書の無断複製（コピー）は、著作権法上での例外を除き禁じられています。また、代行業者等に依頼してスキャンやデジタル化を行うことは、たとえ個人や家庭内の利用を目的とする場合でも著作権法違反です。

中央公論新社の本

流れる星は生きている　藤原てい　中公文庫

戦争童話集　野坂昭如　中公文庫

新編「終戦日記」を読む　野坂昭如　中公文庫

敗戦日記　高見 順　中公文庫

ぼくもいくさに征くのだけれど　竹内浩三の詩と死　稲泉 連　中公文庫

非国民な女たち　戦時下のパーマとモンペ　飯田未希　中公選書